JUNIOR
Minha paixão pelo futebol

Gol de Letras

JOVENS LEITORES

Copyright © 2010 by Junior

COLEÇÃO GOL DE LETRAS

coordenação editorial
ANA MARTINS BERGIN

preparação de originais
ROSEANE DE SOUZA

revisão técnica
CARLOS EDUARDO MANSUR
LAINISTER DE OLIVEIRA ESTEVES

projeto gráfico
MARCELO MARTINEZ | LABORATÓRIO SECRETO

ilustrações
MARIO ALBERTO

fotografias das páginas 116 e 117
CEDIDAS PELO AUTOR (ÁLBUM DE FAMÍLIA)

foto da contracapa
ÂNGELO ANTÔNIO DUARTE

Direitos desta edição reservados à
EDITORA ROCCO LTDA.
Av. Presidente Wilson, 231 – 8º andar
20030-021 – Rio de Janeiro – RJ
Tel.: (21) 3525-2000 – Fax: (21) 3525-2001
rocco@rocco.com.br / www.rocco.com.br

Printed in Brazil/Impresso no Brasil

CIP-Brasil. Catalogação na fonte.
Sindicato Nacional dos Editores de Livros, RJ.
J92m   Junior, 1954-
Minha paixão pelo futebol / Junior. Rio de Janeiro: Rocco Jovens Leitores, 2010.
(Gol de Letras) – Primeira edição – ISBN 978-85-7980-010-8
1. Junior, 1954-. 2. Jogadores de futebol - Brasil - Biografia. 3. Clube de Regatas do Flamengo - História. 4. Futebol - Brasil - História. I. Título.
09-6574   CDD – 927.96334   CDU – 929:796.332

O texto deste livro obedece às normas do Acordo Ortográfico da Língua Portuguesa.
Impressão e acabamento: Prol Gráfica

A camisa do Flamengo é a minha segunda pele.

Um

Eu nasci em João Pessoa e por lá fiquei até os meus seis anos. Lembro pouco do bairro em que passei a infância, mas sei que vivíamos numa casa confortável no Parque Sólon Lucena. A minha família era numerosa – 50 pessoas talvez, entre irmãos, primos e tios. Nos tradicionais almoços dominicais, ninguém podia faltar. Era sempre uma festa. As mulheres se agrupavam tagarelando na cozinha de minha avó, os homens papeavam descontraídos na sala com o meu avô, enquanto a criançada corria, livre, pelas ruas ensolaradas ou à beira da lagoa.

Desde pequenino, eu participava das brincadeiras comuns aos garotos de minha geração. Adorava os carrinhos improvisados por nós com latas de leite em pó recheadas de areia ou feitos de rodinhas de arame. Não perdia nada: carniça, polícia e ladrão, pipa, pião, atiradeira, pique esconde e cabra-cega.

Só havia algo pelo qual eu, antes mesmo de aprender a andar, era muito mais apaixonado: a bola, que eu só abandonaria quatro décadas depois. Quer dizer, abandonar, não abandonei. Apenas deixei de atuar com ela profissionalmente... nos meus pés.

Essa história que agora conto começou a ser escrita no ano de 1960, quando meus pais se mudaram para o Rio de Janeiro. Aquela tradição dominical da nossa família, aquela enorme alegria da casa no Parque Sólon Lucena, foi interrompida no dia em que meu avô, pai do meu pai, morreu. Aí, a casa silenciou. Não tínhamos mais o Mestre Gama, o grande patriarca que sempre semeara o amor, as ideias e as ações ao seu redor.

Mestre Gama era como meu avô ficou conhecido na Paraíba. Um homem cujo trabalho exerceu forte influência sobre os profissionais que compartilharam de sua experiência. Proprietário da pequena fábrica de mosaicos Corena, ele cunhou sua marca pessoal na arquitetura da região. Sem nunca ter sido engenheiro, apenas mestre de obras, imprimiu seu nome em placas inaugurais de diversos edifícios públicos, inclusive na Biblioteca Pública de João Pessoa. Com a morte do meu avô, os negócios desaceleraram e a situação financeira da família ficou muito difícil. Os Gama, então, resolveram tentar a sorte na cidade grande. A fuga dos nordestinos da terra natal acontecia com frequência. Alguns retirantes viajavam de caminhão para o Sul, sempre espremidos e sacolejantes na insegurança dos paus de arara. Outros mais afortunados optavam por ônibus, embora não fossem, naquela época e nem hoje, o transporte mais confortável do mundo para longas distâncias.

Um a um, foram todos desembarcando no Rio. Primeiro, o Lino, meu irmão mais velho. Veio de ônibus, sozinho, morar em Copacabana com minha avó materna e o irmão dela, meu tio-avô Aluízio, e ainda com um outro tio, o Vavá – esse só tio mesmo, porque era irmão de minha mãe. Três anos mais tarde chegamos eu, painho e mainha – é como chamávamos carinhosamente nossos pais. Nena, o caçula, ficou sob os cuidados de tios na Paraíba, de onde só partiria dois anos depois.

Viemos nos juntar à família, já instalada havia algum tempo no prédio número 20 da rua Domingos Ferreira. Éramos sete no apartamento de dois quartos e dependências. Meus pais dividiam o cômodo de empregada, meus tios e vovó, os outros dois. Eu e Lino nos abrigávamos na sala em camas dobráveis, transformadas em tendas imaginárias à noite. Costumávamos brincar que eram lonas de circo onde nos exibíamos para uma gigantesca plateia, sempre fiel a nos aguardar ansiosa pelo início do show. Havia ali, naquele circo fantástico, certa intuição em relação ao nosso futuro porque, anos mais tarde, tanto eu quanto Lino ganharíamos o sustento nos apresentando a multidões.

Logo que cheguei ao Rio comecei a estudar no mesmo colégio de Lino, a Escola Municipal Dr. Coccio Barcelos, a alguns quarteirões de casa. Os amigos do meu irmão costumavam zoar meu sotaque nordestino, ainda muito carregado. Gozação típica de carioca. Mas, logo, logo, eu os conquistei. Os garotos passaram a gostar de mim, especialmente por conta das peladas disputadas na área interna do prédio vizinho, o 32. Na verdade, eu, o caçula da galera, birrento ainda por cima, não deixava me intimidar. Joguei com garra na primeira partida e acabei sobressaindo na posição de meio de campo, a despeito do corpo franzino, mais miúdo ante aquele bando de grandalhões. O edifício em que morávamos distava um quarteirão da praia. A proximidade nos garantia acesso livre e gratuito ao imenso campo de futebol, para nós particular, que eram as areias de Copacabana. Eu, invariavelmente, corria para lá nas horas livres, sempre com a bola debaixo do braço, pronto a me entregar à minha maior diversão. Com a vantagem de, nos intervalos dos jogos, poder mergulhar no mar.

Um dia, eu devia ter um pouco mais de nove anos, recebi um convite para integrar o time infantil do Juventus, clube de futebol de areia no qual meu irmão ensaiava os primeiros dribles no ataque. Lino não era nem de longe um bom atacante. Aliás, futebol não era o seu forte, tanto que, mais tarde, ganharia o apelido de "Horrivellino", por conta da quantidade inacreditável de gols perdidos em cada partida.

O que não era o meu caso. Eu era bom com a bola no pé e sabia disso. Mesmo assim, o inesperado convite do Juventus provocou em mim uma baita insegurança. Meu jovem coração acelerado, associado à alegria contida, gerou tamanha ansiedade que roubou por completo o meu sono à noite. Não preguei o olho um segundo sequer.

Aos primeiros raios de sol, pulei da minha tenda dobrável cheio de disposição e fui à cozinha preparar o café da manhã. Degustei pausadamente o suco de laranja, enquanto deixava a imaginação criar novas jogadas para quando estivesse vestindo as cores do Juventus.

Mais tarde, sob um céu de brigadeiro, a caminho da escola, percebi que a possibilidade de unir profissão e diversão estava próxima. Poderia, sim, ser um jogador famoso, e não mediria esforços para isso. Naquela manhã ensolarada, então, diante das areias de Copacabana, prometi a mim mesmo concentrar todas as energias para realizar esse grande sonho. Naquela manhã ensolarada, diante da imensidão do mar azul-esverdeado, eu percebi, apesar da tão pouca idade, que a minha infância acabara. Que a escola não seria mais a única responsabilidade em minha vida.

Sob sol ou chuva, a bola e eu não nos separávamos. Diante de tanta dedicação ao esporte, painho e tio Aluízio passaram a me levar ao Maracanã. Os dois torciam pelo Fluminense. Tio Aluízio, principalmente, gastou em vão anos tentando fazer de mim um tricolor. Mas, para a minha sorte, a dupla gostava mesmo era de assistir, naquele imenso estádio carioca, aos times que praticassem o melhor, o mais criativo e o mais bem jogado futebol, não importando muito as cores das camisas.

Graças à paixão daquele pai e daquele tio-avô por futebol, eu pude ver o Santos de Pelé, o Botafogo de Garrincha, o Fluminense de Castilho e Escurinho, o Vasco de Brito e Fontana, e o Flamengo do paraguaio Francisco Santiago Reyes Villalba – que reinou no Rio e foi a cara do time de 1967 a 1973. Aos poucos, e na companhia dos dois tricolores, foi despertando em mim os primeiros sinais de amor pelo jogo técnico e bem jogado e também... pelo Flamengo.

Cada ida ao Maracanã revertia, decerto, no aperfeiçoamento do meu futebol de praia. Sonhava em jogar como os grandes ídolos. Sabia, porém, que para realizar o sonho precisaria batalhar muito. Passei, assim, a me dedicar com total afinco aos dois treinos semanais do Juventus. Apesar da dura disciplina, era uma verdadeira farra para os pirralhos ficar ao redor de Tião Macaco – responsável pelo time e porteiro em Copacabana –, ouvir suas histórias e também as de seu fiel amigo e folclórica figura Neném Prancha, técnico do time de futebol de praia do Botafogo. Neném usava alguns bordões para instigar a nossa garra. A provocação denunciava a origem humilde dos jogadores de futebol no Brasil. Ele dizia que tínhamos de partir para cima da bola como se fosse o único prato de comida do dia. Desde aqueles anos, já era difícil para alguns atletas chegar perto de algo para comer.

Tião e Neném Prancha marcavam partidas entre seus times uma vez por semana, alternando os campos de um e de outro: nas areias em frente à rua Figueiredo Magalhães era convite do Juventus e em frente à rua Paula Freitas, do Botafogo. Como eles achavam que eu tinha facilidade de liderar e de fazer amigos, me encarregaram de organizar a garotada, fincar as bandeirinhas e montar as redes nas balizas. Nunca decepcionei. Estive sempre disponível para atender a qualquer tarefa que os dois pedissem e fosse necessária para a realização dos jogos.

Acho que a minha disposição e o instinto de organização vinham de berço – da educação nordestina recebida dos meus pais e de uma família guerreira que trazia no sangue a mistura de obstinação, severidade e rigidez, mas sempre carinhosa.

Dois

A vida seguia seu ritmo normal naquele pedaço de Copacabana. Até que um dia, painho resolveu voltar para a Paraíba. Ele, que antes tocava junto com meu avô a fábrica de mosaicos, não conseguiu arrumar um emprego fixo no Rio e vivia em crise com mainha por causa disso. Chegou a ser operário têxtil, se aventurou no comércio e tentou ainda se empregar em outras áreas ligadas a vendas. Porém, nada deu certo. De todos os irmãos, era eu quem mais sofria. Temia que, mais cedo ou mais tarde, meu pai voltasse para o Nordeste, derrotado. E se isso acontecesse, eu pressentia que o velho nunca mais iria se aprumar na vida.

Desta vez, não era apenas intuição, porque painho, de fato, nunca mais foi ele mesmo. Passados alguns anos, sem perspectiva alguma de emprego, decidiu retornar à sua cidade natal. Chegou a vir ao Rio de tempos em tempos, mas acabou falecendo longe de nós.

Bem antes disso, nasceu o caçulinha Leonardo. Nena, recém-chegado ao Rio, queixava-se enciumado de ser acordado durante a madrugada pelo choro do bebê. Eu nem me importava. E, como gostava muito de criança, assumi naturalmente alguns cuidados com a educação do moleque. Era eu quem olhava Leonardo sempre que mainha precisava de ajuda.

Um dia, minha tia-avó me flagrou deixando o caçula com seu Mário, o porteiro do prédio ao lado e foi correndo contar para a dona Wilma. Mainha, é claro, não gostou nadinha da história. Do jeito que titia falou, parecia que eu tinha o hábito de largar meu irmão nas mãos dos porteiros o tempo todo. Assim que me encontrou, ela passou uma bronca daquelas e, em seguida, sentenciou o pior dos castigos: "Junior, você está proibido de jogar bola nos momentos em que estiver tomando conta de Leonardo."

Outra ocupação minha, de Lino e de Nena era ajudar nossa avó a fazer a feira, em frente de casa, aos domingos. Nós nos revezávamos na tarefa de carregar o carrinho e deixar as compras em casa. Ajudar vovó não nos desagradava, longe disso. A hora em que ela terminava, sim, torturava a gente. Minha avó só saía de casa depois do meio-dia, quando os preços dos legumes e verduras começavam a cair, o que invariavelmente comprometia a praia e as peladas. Vez por outra, em dia de jogo importante, eu e o Lino usávamos uma estratégia para fugir mais cedo da responsabilidade dominical. Como havia muita gente para ser alimentada, vovó fazia a feira em duas etapas. Assim que nos pedia para levar para o apartamento o carrinho cheio, esvaziá-lo e voltar para encontrá-la, nós adotávamos a tática do desencontro. Dizíamos para mainha que em meio àquele mundo de gente e barracas nós tínhamos nos perdido da avó. Creio que dona Wilma percebia nossa angústia e deixava o delito passar, dizendo: "Podem ir à praia, meninos, eu mesma vou buscar sua avó."

Era a glória!

Três

Num belo dia, alguns amigos foram convidados a jogar um amistoso de futebol de salão no Clube Sírio-Libanês, em Botafogo. Eu, lógico, me escalei no time, mas fui vetado. Eles temiam que, por ser o menor, algo pudesse acontecer comigo, que me machucasse. Mesmo assim, acompanhei o grupo. Eu e a esperança de, em algum momento, entrar e jogar. Passei mais da metade da partida assistindo ao time do Horrivellino levar uma surra danada do adversário sírio-libanês. Eu implorava, insistente: DEIXA EU ENTRAR NO JOGO, DEIXA EU ENTRAR NO JOGO. Pedi tanto que Olinto se cansou e disse: "Você vai entrar no meu lugar nos últimos dez minutos. Veja lá o que vai fazer, hein?!"

Não fiz muita coisa, não, porque os meninos do time adversário, além de mais velhos, eram melhores. Estavam habituados a jogar futebol de salão, enquanto a equipe das areias de Copacabana, não. Só me lembro de ter feito três ou quatro boas jogadas, que renderam um convite para uma temporada no time vencedor, porque acabamos mesmo foi perdendo de goleada, um inesquecível 11 a 2.

A paixão pelo futebol já tomava conta de mim aos 13 anos. Eu acompanhava tudo, lia tudo o que caía em minhas mãos. No Sírio-Libanês, comecei a acalentar seriamente o sonho de ser jogador profissional. Se não fosse a minha garra, eu poderia ter desistido ali mesmo, em função do treinador. O sargento do Exército de nome incomum – Orozimbo Donato Neves – impunha aos atletas disciplina quase militar nos treinos. Com ele, os fracos não tinham vez. A severidade deste sargento, no entanto, ajudou a mim e os demais que realmente levavam a carreira a sério. Orozimbo era profundo conhecedor de futebol de salão e nos ensinou fundamentos éticos e disciplinares como a importância de saber viver e se comportar em coletividade. Na parte técnica, nos fez praticar exercícios para potencializar o nosso desempenho em campo: bater e passar a bola, se posicionar e se concentrar no jogo.

Para quem iniciava a adolescência, minha agenda lotada de afazeres semelhava-se à de profissionais veteranos, comparada aos jovens da mesma idade. Com Orozimbo, eu suava a camisa três vezes por semana e nos jogos das manhãs de domingo. Com o Juventus, eu não hesitava em cumprir rigorosamente os compromissos. E ainda mantinha em dia as obrigações escolares e familiares.

Se meu progresso futebolístico nas areias e nas quadras era visível a leigos e profissionais, nas salas de aula do Instituto São Sebastião, onde cursava o ensino fundamental, minhas notas despertavam pouca admiração. Aluno discreto, tirava notas suficientes para passar de ano. Em compensação, no recreio eu brilhava absoluto. Era o meu momento. Meus amigos me disputavam nas peladas, jogadas obrigatoriamente com... chapinha de refrigerante. Pois é, dona Celina, diretora e proprietária da escola, que de tão severa foi apelidada de Jararaca, proibia qualquer coisa semelhante a uma bola rolando nas dependências da instituição.

O futebol era a única atividade na qual eu me empenhava com paixão. E não media esforços para atingir o objetivo. Porém, havia um único obstáculo, tão intransponível quanto fundamental para quem almejava, como eu, viver da profissão: as terríveis chuteiras, verdadeiras armaduras de garras, muito diferentes das fabricadas hoje, mais leves e maleáveis, porém, vendidas a peso de ouro.

Eu tinha sérias dificuldades em calçar as chuteiras, reclamava o tempo todo da crueldade do material causador de tantas feridas em meus pés. Porém, não dispensava um jogo sequer, mesmo sabendo que aumentaria a minha coleção de bolhas após cada partida. Afinal, não seriam as mazelas provocadas pelas chuteiras que me impediriam de correr atrás do meu grande sonho.

Com o passar do tempo, a situação financeira da família começou a melhorar. Mainha, na ausência de nosso pai, começou a trabalhar para ajudar nas despesas. A guerreira sentia um orgulho danado dos filhos. Até nos momentos mais difíceis, ninguém reclamava de nada. Eu mesmo nem tentava procurar motivo. A convivência com gente em situação pior do que a minha, principalmente a galera do Morro da Ladeira dos Tabajaras, a poucos quarteirões de casa, que jogava comigo no Juventus, me mostrava diferente realidade.

Aliás, essa galera foi tão importante na minha vida quanto o futebol. Com eles aprendi que amizade não tem cor, dinheiro ou casa. Está acima de tudo. Aprendi também a dar valor ao que tinha, cada vez que eu confrontava as minhas dificuldades com as daqueles meninos. Felizmente, fortes amizades, livres de preconceitos e baseadas em respeito e consideração, não se perdem no tempo.

Devo confessar, aqui, o que escutava com frequência desses amigos, dos colegas da escola e também por parte da minha família, sobre meu modo de reagir às provocações do dia a dia: "MAS QUE GÊNIO HORRÍVEL TEM ESSE RAPAZ!" Admito que tinha na época um gênio, digamos assim, bem difícil. Era intempestivo e brigão, mas evitava cultivar desavenças. Eu, sem hesitar, discutia por causa de amigos, de irmãos, do meu time, enfim, por tudo o que me era caro. Porém, conhecia minhas limitações e conseguia sair das situações delicadas às quais algumas vezes o temperamento forte me levava.

Aos 15 anos recebi um convite para participar de testes no time de futebol de salão do Flamengo. Começava ali a realização do meu sonho. Foram meses de intensa dedicação. Os treinos aconteciam três vezes por semana, e eu não media esforços para ser o melhor entre os candidatos. Afinal, estava treinando com a camisa do Flamengo!

Bons tempos aqueles em que, ingênuos, ficávamos imensamente felizes quando, ao final de cada partida, recebíamos um vale que dava direito ao aspirante àquela vaga a um sanduíche, um refrigerante e ainda a ilusão de se sentir parte do time. No meu caso não foi apenas ilusão. Antes do prazo final recebi o comunicado da minha aprovação. Foi nessa época que conheci a força da torcida rubro-negra. Logo de início, percebi um diferencial nos jogos de salão do Flamengo em relação aos demais clubes: sua torcida. E ela acompanha o time desde as equipes infantojuvenis. O clima era mais evidente nas competições em outras quadras, nos fins de semana. A galera participava de verdade, parecia entrar junto em campo, mesmo quando o time não era bom. Eu, que nunca sentira tamanha vibração com o Sírio Libanês, passei a gostar muito daquilo e a perceber a importância da torcida como estímulo para nós, jogadores.

Aliás, minha relação com a torcida do Flamengo sempre foi de um eterno namoro. Creio que a identificação dos torcedores comigo surgiu em função do meu comportamento dentro e fora do campo e, principalmente, porque perceberam que jamais economizei uma gota de suor quando se tratava de brigar pelo Flamengo. Raça, disposição, entrega e luta: ingredientes indispensáveis para a alegria da enorme torcida e também virtudes imprescindíveis a todos os que sonham em vestir o manto sagrado.

Quando comecei a jogar no Flamengo, Liminha, o meio de campo, tinha certa idade e um bocado de experiência com a torcida rubro-negra. Ele me disse, um dia, depois de uma dividida malsucedida em pleno Maracanã: "Jogador do Flamengo que perde dividida não serve para jogar no time." Ele só disse uma vez, pois na semana seguinte, no jogo contra o América, numa das primeiras partidas no time profissional, marquei um gol que ajudou a nos classificar para a final do campeonato.

Nos anos 1970, havia no Flamengo uma rivalidade silenciosa entre os departamentos de futebol de salão e de campo. Alguns poucos jogadores tinham se aventurado com sucesso a atravessar a linha divisória: quem jogava no gramado não podia atuar no salão, e vice-versa. Até os horários dos treinos coincidiam muitas vezes, e aí residia o maior problema de quem pretendia, como eu, jogar no gramado. Optei, então, naquele momento, por ficar alheio à briga. Sonhava em ser profissional, mas ainda preferia futebol de praia e de salão, porque as torturantes chuteiras continuavam lá, firmes, a me desafiar.

Aos 17 anos, convencido finalmente a fazer um teste no time de campo, decidi mudar radicalmente de visual. Raspei a cabeça com máquina 2, fiquei quase careca. E desse jeito, como precursor do corte de cabelo que a garotada adota até hoje, fui, junto com dois amigos, tentar a sorte no gramado do Mengão. A concorrência entre os jovens para conquistar uma vaga na equipe profissional era acirrada. Em vinte minutos, tínhamos de provar, entre todos ali, quem era o melhor. Afinal, o clube buscava novos talentos. Entrei decidido em campo. Com garra e concentração, mas também graças aos dribles e ao passe decisivo para o único gol da partida, fui selecionado. Passadas quase cinco semanas de treinos e muitas bolhas nos pés, a direção do Flamengo não havia ainda se pronunciado a respeito da minha contratação. A angústia pela incerteza sobre o meu futuro defendendo as cores rubro-negras começou a pesar mais do que a alegria de treinar, sem contrato, no gramado do Mengão. Queria me tornar um profissional e, portanto, não poderia me submeter àquela situação por mais tempo. Eu tinha de tomar uma decisão, por mais sofrida que fosse. Como os treinos na Gávea coincidiam com os jogos das tardes de sábado na praia, acabei voltando às origens, ao Juventus – time que encontrei muito diferente.

Quatro

O velho e querido Juventus não jogava havia um ano, desde a morte de Tião. Para reativar o time, precisei contar com a ajuda de amigos e comerciantes do bairro. Fazíamos vaquinha para tudo, até para pagar a lavagem dos uniformes. Com muito trabalho e determinação, conseguimos ressuscitar o time e trazê-lo de volta às competições. Além de jogar no pequeno Juventus, já na equipe dos adultos, atuei durante seis meses em outro time de areia, o Maravilha, comandado por Jaime Pafúncio, também porteiro de um prédio de Copacabana. No intervalo em que o Juventus ficou parado, joguei por seis meses no Colúmbia – time criado na praia do Leblon.

A estrela do futebol mais popular entre os atletas da época era o craque Paulo César Caju. Tricampeão do mundo pela Seleção Brasileira de 1970 e dono da camisa número 11 do Botafogo, PC era sinônimo de sucesso junto à molecada. Foi ele quem me chamou para participar, pela primeira vez, de um amistoso de fim de ano entre um time formado por jogadores profissionais dos gramados e o Colúmbia. Fiquei honrado com o convite. Era, sem dúvida, uma oportunidade de ser observado e até pescado para testes em equipes profissionais. Além de PC, outros campeoníssimos do mundo também iriam participar: o Marco Antônio e o Carlos Alberto, ainda o capitão do tri do Brasil, conquistado no México, que eu admirava muito. Era um sonho que se realizava. Sentia até medo de acordar.

Na hora da escalação, no entanto, ficou determinado que eu atuaria no time das estrelas dos gramados, como ponta-direita, para a minha felicidade, porque Dadá Maravilha, dono da posição, não havia chegado a tempo. Quando o jogo começou, o meu nervosismo por estar entre craques consagrados era notório. Porém, eu tinha domínio da bola no futebol de praia, fazia as jogadas com simplicidade e, ainda por cima, contava com a ajuda de PC, que sempre me mantinha vivo no jogo.

Dadá Maravilha chegou durante o intervalo. Fiquei frustrado, não queria ser substituído. Sabia que ele não seria tão veloz quanto eu, pelo menos na areia, porque até para caminhar mostrava dificuldade. O Colúmbia perdia de 2 a 0. Mesmo assim, pensei: Dadá chegou, vou sair. Foi Paulo César quem optou pela minha permanência. Argumentou que eu era um dos poucos, naquele time, que sabia jogar na areia. Para mim, a decisão de Caju foi um reconhecimento do meu talento. O Colúmbia acabou perdendo por 3 a 1. Naquele dia, naquele momento, eu nem sequer imaginava que o meu destino já estava traçado, e que em dois anos eu estaria vencendo o primeiro campeonato carioca vestindo a camisa do Flamengo.

Pouco tempo depois dessa partida, fui convidado a jogar no Clube Israelita Brasileiro, em Copacabana, por seu Ruy, que fora meu treinador no Flamengo e era mais conhecido no mundo do futebol de salão como Zezé, sabe-se lá o motivo. No CIB, de salário, eu só ganhava mesmo ingresso para alguns jogos que eu escolhia, normalmente os do Flamengo, além do velho mas sempre válido sanduba com refrigerante.

Naquele ano de 1973, já não acalentava tão fervorosamente o sonho de me tornar profissional de um grande time. Eu havia experimentado a decepcionante passagem de três meses pelo América Futebol Clube, no bairro do Andaraí, zona norte da cidade. Eu e o amigo Bahia, também jogador do Juventus, fomos levados para treinar no América pelas mãos de Gerson Coutinho. Lá, não havia ajuda de custo para alimentação, mas tinha verba para o transporte. No único dia em que vi a distribuição da grana para a passagem dos jogadores, fiquei de fora – excluíram a mim e o Bahia. Quando perguntei o motivo, disseram que nós morávamos num bairro de classe média, fato que, na lógica deles, fazia com que não precisássemos de dinheiro. Eu me senti injustiçado, fui embora e jamais voltei a treinar no América. Depois dessa nova frustração, decidi que seria hora de retomar os estudos e tentar o vestibular. Vivi uma curta fase de dúvida em relação aos rumos da minha vida como jogador de futebol. No entanto, a vida impôs o caminho. Napoleão, amigo do tio Aluízio, me convidou novamente para treinar pelo Flamengo. Aceitei a oferta, mas, no fundo, questionava se ainda teria chance. Porém, ao pisar no gramado, os meus temores se dissiparam. Era o ano de 1974, o Flamengo fazia uma reformulação no time de juvenis – hoje juniores – e terminou promovendo todo mundo a jogador profissional, inclusive a mim.

No Flamengo, fiquei pouco tempo como meio-campista. Tive de jogar na posição que fez do meu nome uma lenda no futebol: lateral. Isso aconteceu, por acaso, durante o campeonato de juvenis. Foi um episódio inesquecível. Numa partida contra o Madureira, líder do campeonato, o lateral direito Garrido se machucou e, como não havia outro substituto, o treinador Pavão não hesitou: me escalou naquela posição, e o Flamengo ganhou. Tive a oportunidade de mostrar o meu talento logo no primeiro ano como titular dos juvenis.

Na reapresentação dos jogadores, depois da folga, a Comissão Técnica dos juvenis me convenceu a ficar atuando na lateral. Alegava problemas para encontrar um bom lateral direito, enquanto no meio de campo havia boas opções. No início, resisti a mudar de posição, mas aceitei o conselho, certo de que, naquele momento, o negócio era trabalhar para ter uma chance definitiva no time profissional.

E não deu outra. No fim do campeonato, já estava integrado à equipe principal. Os laterais e meios-campistas nunca fazem muitos gols porque a posição não ajuda muito. Mas lembro do primeiro gol que fiz no Maracanã, contra o América em 1974, foi importantíssimo para eu me firmar no time profissional ainda mais na final do terceiro turno do campeonato carioca.

Aproveitei o momento mais tranquilo e tentei o vestibular. Optei por administração e passei para a Universidade Cândido Mendes. Consegui conciliar a grade de horário de treinos e aulas até o segundo ano sem prejudicar nenhuma das atividades.

Ao ser convocado para a Seleção Olímpica, porém, a vida impôs outra escolha: o futebol ou os estudos. Os dois eram naquele momento, definitivamente, incompatíveis. Optei pela Seleção Olímpica. Como não conseguia conciliar viagens e faculdade, fui conversar com o reitor. Ele logo contestou minha decisão: "Se você trancar a matrícula, nunca mais voltará a cursar a faculdade." Olhei para ele e respondi sem titubear: "Se isso acontecer, reitor, é sinal que realizei meu sonho de ser jogador profissional."

Em 1976, eu seguia como titular no Flamengo. Nosso treinador era o saudoso Carlos Froner, um gauchão de formação militar, muito rigoroso nos treinos e figura doce e generosa fora do gramado. Na época, o Flamengo fez uma troca com o Fluminense e trouxe para o time o lateral direito Toninho, um baiano gente boa que jogava muito. Eu, que também era lateral, logicamente, pensei que iria perder a posição já que o cara era mais experiente e tinha passado pela Seleção Brasileira.

Foi quando Froner me chamou e perguntou: "Você quer jogar na lateral esquerda?" Para muita gente não faz diferença, basta trocar de lado e de número de camisa – e pronto, resolvida a questão. Mas quem vive da magia do futebol sabe que não é bem assim. Entre mim e a bola agora se encontrava a enorme dificuldade de usar a perna esquerda, pouco treinada, não muito utilizada e até ali, eu diria, completamente abandonada.

A vida me colocava mais uma vez diante de um desafio. Respondi que nunca havia jogado com a esquerda, mas toparia a experiência. Fomos, então, para o Sul do Brasil jogar alguns amistosos. Comecei a ser lançado no decorrer das partidas na lateral esquerda, substituindo o Vanderlei Luxemburgo. Na volta ao Rio, para jogar um Fla-Flu em que vencemos por 4 a 1, fui escalado como titular e, a partir dali, mantive a posição.

Então, iniciei o processo de minha adaptação à lateral esquerda. Afinal, precisava me dedicar aos exercícios, principalmente no que se referia aos cruzamentos com a perna esquerda. Tinha de trabalhar bem com ela para ter o domínio completo ao fazer um passe, como acontecia com a direita.

Na sede do Flamengo existia um muro de madeira muito grande e largo. Ali, eu ficava horas sem fim, treinando para aperfeiçoar os passes. Era complicado porque fazia os exercícios extras depois dos treinamentos, já cansado. Mas era a única forma de melhorar a minha canhotinha. Com a ajuda de um ou outro atacante, eu ficava fazendo os cruzamentos. Foram horas e horas exaustivas de chutes e passes, durante quase seis meses, até sentir o domínio com a perna.

A certeza de que as horas "perdidas" no muro foram bem aproveitadas veio quando num jogo, pela primeira vez, o Galo fez um belo gol de cabeça com um passe meu de canhota.

Como nunca fui de fazer muitos gols, até porque a posição em que eu jogava não contribuía para isso, minha maior satisfação era dar o passe perfeito para que o companheiro marcasse o gol.

É mais do que provado nas histórias de conquista e superação que com disciplina, humildade, perseverança, empenho e sacrifício, junto com ensinamentos técnicos dos treinadores, é possível melhorar e muito o desempenho de qualquer jogador que tenha o futebol como sua maior paixão!

Cinco

Antes dos jogos da XXI Olimpíada, em 1976, a Seleção Brasileira, que iria a Montreal, fez uma viagem preparatória por quase todo o mundo: Europa, África, América Central e Oriente Médio. Cláudio Coutinho acabara de assumir o posto de treinador, ocupado anteriormente pelo mestre Zizinho. Aliás, foi do capitão Coutinho que recebi alguns dos conselhos mais importantes para o começo de minha vida profissional, além de orientações que, certamente, ajudaram a mim e aqueles meninos da equipe a amadurecer.

Cláudio Coutinho talvez tenha sido o primeiro teórico do futebol brasileiro, o treinador que mais incentivava a técnica junto com Telê Santana. Porém, Coutinho pregava que os fundamentos do futebol tinham de ser exercitados diariamente, porque todo dia o jogador iria usá-los quando fosse tocar na bola. Não importava qual treinamento fosse ser feito: tático, técnico ou coletivo. Em todos, nós iríamos ter que colocar em prática: passe, chutes, cabeçada, domínio de bola, criatividade.

Eram treinamentos exaustivos de passes curtos e longos, chutes de perto e de longa distância, domínio da bola nas coxas, na cabeça, no peito e finalização sempre com uns movimentos de dribles como se você estivesse sendo marcado por um adversário imaginário e precisasse se esquivar dele. Eram, ao mesmo tempo, treinamentos divertidos porque estávamos sempre em contato com a bola, e acabava sendo também um exercício físico pela intensidade de como eram feitos.

Coutinho tinha sido preparador físico auxiliar da que talvez tenha sido a melhor Seleção Brasileira de todos os tempos, a de 1970. Ele compartilhava com os jogadores mais jovens suas vivências, que até hoje servem como avisos do que não deve, e não pode, ser feito no mundo do futebol. Alguns relatos eram muito tristes: falavam em vidas desperdiçadas, de jogadores que não foram muito felizes na profissão, de gente que não soube usar a cabeça para tocar a carreira e terminou muito mal. Escutei as histórias com extrema atenção.

No meio dessa viagem preparatória – eu estava no Congo, na África – o Flamengo me chamou de volta para jogar a final da Taça Guanabara. Lembro que, até chegar ao Rio, fiz uma maratona tão desgastante quanto à do atleta grego Filípides. E o pior: para assistir a companheiros de equipe nos ajudarem a perder a decisão nos pênaltis, após a prorrogação. Coisas do futebol. Voltei para a África com a bagagem pesada, pois levava a derrota do time. Só não foi mais penoso porque joguei bem na última partida e recebi muitos elogios. Afinal, apesar da derrota, não foi ruim para o Flamengo me buscar tão longe.

A minha participação na Olimpíada era a realização de um antigo sonho. Lino, já consagrado como jogador profissonal de vôlei, tendo, inclusive, participado da Seleção Brasileira no Panamericano de Cali, na Colômbia, em 1971, havia se transferido para um time dos Estados Unidos, em 1974. Era a minha vez de representar a família Gama no exterior.

A Seleção Brasileira que disputaria a XXI Olimpíada de Montreal, em 1976, era composta por um grupo bem qualificado. Apesar de muito jovens, traziam a experiência profissional de seus times. Eu sabia, antes de sair do Brasil, que o grande obstáculo a ser ultrapassado naquela Olimpíada seriam as seleções do Leste Europeu, porque aqueles países só convocaram recém-participantes da Copa do Mundo de 1974. Ou seja, eles não vinham representados por seleções inexperientes, mas por gente bastante tarimbada em competições internacionais. Com tudo isso, a Seleção Brasileira guardava a esperança de ganhar pelo menos uma medalha.

A Comissão Técnica já saiu do Brasil em direção ao Canadá levando na mala um incurável otimismo. Eu, além do otimismo, carregava o desejo de participar da festa de abertura. Queria sentir a emoção de desfilar na delegação brasileira. Mas não deu, porque o primeiro jogo da seleção foi marcado para Toronto, e não para Montreal, sede das Olimpíadas. E, como o torneio de futebol começava no dia seguinte à abertura, a seleção canarinho teve de viajar para Toronto na véspera da cerimônia. E lá fui eu levando na bagagem a frustração de não ter participado do maravilhoso espetáculo de abertura dos Jogos Olímpicos. Na Seleção Brasileira, passei a jogar na posição que sempre sonhei: meio de campo. Quando Cláudio Coutinho, ao resolver inovar, me deslocou da lateral esquerda, tive de me esforçar muito mais para me manter no meio de campo, como titular. Nossos adversários, na primeira fase, eram difíceis, mas estávamos convictos de que tínhamos chances reais de seguir adiante, de buscar a classificação. O primeiro jogo foi contra a antiga Alemanha Oriental, que vinha de uma bela campanha na Copa do Mundo. Essa partida terminou empatada em 0 a 0, o que aumentou nossa chance de chegar lá. Era só ganhar da Espanha e eliminar Israel. Estava tudo se encaixando... menos eu no jogo, pois uma torção no tornozelo me tirou de campo no finalzinho da partida contra os alemães e me deixou de fora do enfrentamento com os espanhóis, que aconteceria dois dias depois.

Eu queria de qualquer jeito entrar naquele jogo, cheguei a discutir com o médico Arnaldo Santiago, na tentativa de provar que estava bem, não sentia mais dores, que era possível jogar. Insisti para que me testassem antes da partida. Como não fui atendido, apelei para a gozação: fiz um sambinha que falava, em tom debochado, das prescrições médicas do doutor da seleção, quase sempre as mesmas. E cantava pra galera: "Ih, lá vem o doutor/só dá glifarelax/gelo ou calor." Dessa vez, além de não ser atendido, não fui entendido, nem um pouco, e acabei sendo advertido. Pedi desculpas, assumi a autoria da letra e sumi com ela, antes que a gozação encerrasse em Toronto meus dias de seleção.

Já recuperado, voltei ao estádio para a partida contra a seleção de Israel, na qual tive uma atuação melhor do que na primeira, fazendo até um gol na vitória por 4 a 1. Nossa situação na Olimpíada começou a ficar mais complicada nas semifinais, porque o primeiro adversário era nada mais nada menos do que a poderosa Polônia, que, na Copa de 1974, havia roubado do Brasil a chance de levar o terceiro lugar. Foi a primeira vez que senti o quanto a experiência de um grande time pesa em certas situações. Mesmo antes do jogo, a seleção da Polônia mostrava uma calma só natural nos que sabem que são superiores. No entanto, nós também tínhamos muitos craques. Entre eles: Carlos (mais tarde goleiro da Copa de 86); Edinho (participou das Copas de 78, 82 e 86); Batista (Copa de 82); ainda contávamos com Júlio César "Uri Geller". Porém, temos de reconhecer, a vitória foi de quem jogou melhor: os poloneses, por 2 a 0.

Essa derrota nos tirou qualquer chance de disputar a medalha de ouro, mas ainda podíamos brigar pelo bronze, de enorme importância – pelo menos para nós. Ganhá-la significava derrotar equipes bem mais experientes. Só que, para nosso azar, enfrentaríamos uma seleção que saiu direto da Copa para a Olimpíada, carregando todos os seus titulares. Contra si essa seleção só tinha mesmo o azar. Só ele explica o time da antiga União Soviética ter perdido a disputa pela medalha de ouro. Como parece que um raio não cai no mesmo lugar duas vezes, os russos venceram o Brasil de maneira muito semelhante à seleção polonesa: na base da experiência, da técnica, da organização e da competência. Os times do Leste Europeu deram, assim, um fim à minha aventura olímpica.

Jogar na Seleção Brasileira não deu o resultado que eu esperava. Mas, definitivamente, valeu pelo aprendizado, pelos momentos vividos e, principalmente, pelo início da amizade com Cláudio Coutinho, que, vejam vocês, depois de algum tempo foi treinar o time do Flamengo por minha indicação. Aquela seleção marcou a minha vida.

Seis

Depois da Olimpíada de Montreal, voltei ao Flamengo. O retorno foi um pouco complicado porque, em 1976, estava sendo implantada no clube uma grande reforma administrativa, uma faxina que começava na presidência e atingia, mais abaixo, o coração do plantel: os jogadores. Assim como o Flamengo, eu também vivia uma fase de dúvidas e turbulências familiares. Mas era um jovem guerreiro e lutava bravamente contra as adversidades, contra tudo que interferisse no meu rendimento em campo. Era assim que eu encarava a vida profissional.

No dia em que meu pai faleceu, recebi a triste notícia por telefone e, em seguida, fui para o clube treinar. Sebastião Lazaroni, nosso preparador físico, percebeu a tristeza encravada em meus olhos e, ao encerrar a série de exercícios de alongamento, perguntou: "Como você está se sentindo, Junior?" Bastou o gesto acolhedor para que eu caísse no choro. E ali, no próprio campo, usando bolas de couro como almofadas, ficamos conversando por longas e reconfortantes horas.

Um ano de mudanças, descobertas e novas perspectivas foi o de 1978. À medida que a Copa do Mundo se aproximava, eu acreditava na possibilidade, cada vez mais real, de ser convocado para o maior evento de futebol do planeta. A simples ideia de participar da competição fez com que eu me cuidasse muito mais; acreditava que minha convocação era só uma questão de tempo, de tão certa. Afinal, além do bom futebol, eu era amigo do técnico: Cláudio Coutinho havia sido chamado para ser o treinador da Seleção Brasileira.

Descobri, depois, que méritos próprios não significam necessariamente conquista das oportunidades. Pelo menos, naquela seleção, a política também influía e contava na soma dos méritos dos jogadores. Por isso, embora eleito o melhor lateral esquerdo do campeonato brasileiro de 1978, passei batido pelos 22 jogadores convocados para a Argentina. Fiquei apenas entre os 44 que, numa eventualidade, poderiam ser chamados para substituir um jogador machucado. Demorou um pouco para digerir a injustiça, sobretudo porque quem dirigia a seleção era mais do que um simples treinador – era um grande amigo.

A vida compensou os tropeços com a seleção de 1978. O Flamengo, por exemplo, ganhou o campeonato carioca contra o Vasco, com um único gol do *Deus da Raça* aos 43 minutos do segundo tempo. Foi uma vitória sofrida aquela garantida pelo zagueiro Rondinelli com o seu gol solitário. Ao vencer o arquirrival numa decisão histórica, eu e o time do Flamengo iniciamos uma fase de conquistas que duraram uns bons e belos seis anos, entre elas, um tricampeonato estadual, em 1979. Neste mesmo ano, fui convocado para a Seleção Brasileira, o que não me surpreendeu, porque o técnico Coutinho havia adiantado a sua intenção, na volta da Argentina, quando confidenciou o seu pesar: "Como eu me arrependo de não ter te levado." Na hora, apenas respondi: "Capitão, não tem mais jeito. Só na próxima."

E agora, finalmente, esse momento chegara.

Sete

Na lista de troféus da minha vida profissional, faltava incluir a vitória pelo campeonato brasileiro, o que aconteceu em 1980, quando o Flamengo conquistou o título contra o tradicional rival da época, o Atlético Mineiro, aliás, um time excepcional. Essa conquista foi dramática. Não só pela forma como aconteceu: um gol a mais no final da segunda partida. Foi sofrida principalmente porque o Flamengo perdeu o jogo de ida, em Belo Horizonte, e também por causa do Rondinelli, que terminou covardemente machucado.

O Atlético tinha uma equipe experiente, eu diria até bem mais rodada que a do Flamengo, e talvez por isso eu conseguisse enxergar o nervosismo dos jogadores antes do segundo jogo, no Maracanã. Cada um de nós estampava no rosto o sentimento obrigatório de vencer em casa: o estádio estava lotado, com 154.355 pagantes, recorde de público daquele campeonato e de flamenguistas – a poderosa força incentivadora do time. Eu podia ouvir o pulsar do meu coração em meio ao rufar dos tambores.

Até o fim do segundo tempo, o jogo ficou empatado em 2 a 2. Reinaldo, que terminou expulso, fez os gols do Atlético. Zico e Nunes marcaram para o Flamengo. A vitória que determinou a diferença veio novamente pelos pés de Nunes, com a camisa 9: faltando três minutos para terminar a partida, ele venceu a marcação de Silvestre, do Atlético-MG, seguiu em direção ao gol, chutou e transformou o Maracanã num enorme salão de festa preto e vermelho a céu aberto.

Eu me beliscava: era campeão brasileiro pela primeira vez e recebia, junto com o Mengão, o primeiro reconhecimento nacional, passando a figurar na lista dos melhores jogadores do campeonato. Uma vitória saborosa para quem dois anos antes amargou a frustração de não ter sido convocado para a Copa de 1978. Esse campeonato nos deu a oportunidade de disputar a Libertadores, ganhar o título e participar vitoriosamente de outro torneio internacional, o Mundial de Clubes, no Japão, que qualquer time de futebol da América do Sul sonhava em conquistar. De tanto escutar os dirigentes e a própria Comissão Técnica enaltecerem as nossas condições de chegar lá e ganhar a Libertadores, eu não conseguia pensar em outra coisa enquanto não pusesse as mãos naquele troféu.

Libertadores era uma competição dura, complicada, difícil e estranha aos brasileiros. Na década de 1960, o Santos havia conquistado dois títulos. Da década de 1970 em diante, nenhum clube fez muito esforço para disputá-la. Os jogadores temiam a disputa, apesar do bom preparo dos times, por ser demasiado violenta dentro e fora do estádio e ainda cercada de boatos de compra e venda de juízes. Diziam que a grana rolava solta e que eles beneficiavam quem pagasse a maior quantia. Mais uma vez, o Flamengo foi original: entrou, venceu e mudou essa visão sobre os times sul-americanos.

Brigar contra os paraguaios na primeira fase da Copa Libertadores de 1981 foi fácil. Duro mesmo foi passar, de novo, pelo Atlético Mineiro, cuja última partida foi marcada por expulsões dos jogadores e pelo encerramento do jogo ainda no primeiro tempo. Acho que, numa tourada, o sangue correria menos. Passamos invictos pela primeira fase. Duas vitórias fora de casa contra o Deportivo Cali, da Colômbia, e o Jorge Wilstermann, da Bolívia, na fase semifinal, praticamente asseguraram o nosso passaporte para a disputa final. Quando vi que estávamos na briga pelo título, comecei a fazer uma preparação em casa, sem que ninguém pedisse ou recomendasse. Evitei sair à noite, fechei a boca e abandonei o hábito de ficar na praia até tarde. Eu queria exibir excelente forma física, porque nossos adversários, os chilenos do Cobreloa, corriam muito – e eram violentos.

Eu estava há sete anos entre os profissionais, mas confesso que nem na final do Campeonato Brasileiro de 1980 fiquei tão nervoso quanto nessa primeira partida contra os chilenos num Maracanã com quase 100 mil torcedores. Eu, que tanto quis chegar ali, exatamente naquele lugar, passei a viver uma situação anormal: minha adrenalina subia a níveis estratosféricos. Não conseguia me desligar, só pensava no jogo, só desejava que começasse logo. Naquele dia, quando entrei no vestiário, fui para o meu canto e pensei, como se rezasse – o nosso time é melhor, estamos jogando em casa e vamos vencer de qualquer jeito. Saí para o aquecimento mais tranquilo e, quando os lançamentos na roda do bobinho começaram, a adrenalina estava quase normalizada. O mantra funcionou. Aos 30 minutos, ganhávamos de 2 a 0. Cheguei a acreditar que daríamos uma goleada nos chilenos. Acreditei nisso até o momento em que Merello, um dos melhores do Cobreloa e da seleção chilena, diminuiu o placar. Acabou sendo uma partida difícil para nós!

O jogo de volta foi mais doloroso ainda, numa Santiago governada pelo general Augusto Pinochet e nada, nada amigável. O clima não era amistoso, nem nas ruas. Por onde passávamos, recebíamos ofensas gratuitas. A má vontade dos garçons do hotel onde nos hospedamos era declarada, e a polícia nos fez ameaças na chegada ao estádio. Mas a rapaziada estava tranquila e me lembro de ter dito a todos para pensarmos só em jogar, só na bola. Não foi um jogo, foi um verdadeiro e inexplicável campo de batalha, dentro de uma guerra particular deles. Os chilenos nos provocaram o tempo inteiro, agrediram o Lico Bigode, cortaram o supercílio e a orelha de Nego Brown, apelido de Adílio, me deram um pisão na perna, já deitado na grama, depois de abatido por uma forte pancada no tornozelo.

A violência do zagueiro Mario Soto era o maior sinal da guerra aberta dos chilenos com os brasileiros: nos contaram, depois, que ele chegou a usar um objeto, como uma pedra ou um anel, para ferir o Adílio e o Lico. Eu continuava dizendo a mesma coisa: "vamos jogar bola e deixar o resto com eles", embora no fundo soubesse ser impossível não se deixar envolver por um clima tão pesado – agravado pelo incentivo do general e presidente Pinochet, que mantinha o país sob o controle da ditadura militar, ao declarar que o Cobreloa representava a "pátria de chuteiras".

Seguramos o empate até os 33 minutos do segundo tempo, quando eles fizeram o gol que nos levou a uma terceira partida em estádio neutro, no

Uruguai, e quase custou a minha vida na Santiago de Pinochet: quando fui buscar a bola no fundo da rede um fotógrafo passou na minha frente e fez uma piada grosseira. Azar o dele, pois, ao ouvir a provocação, reagi sem pensar e dei-lhe imediatamente uma banda certeira. Foi suficiente para um policial engatilhar a metralhadora, mirar em minha direção e me fazer tremer dos pés à cabeça. Domingo Bosco, nosso supervisor, garante que não pagou a máquina do fotógrafo destruída por mim, mas até hoje desconfio que ele morreu numa grana preta.

Não estávamos acostumados a perder no grito, na intimidação. Era evidente que pensávamos em nos vingar no Estádio Centenário, onde pisei com uma serenidade e uma confiança do tamanho do nervosismo da partida de estreia. Aqueles sentimentos foram a premonição do que viria adiante: o meu Flamengo e o de Zico, de Nunes, de Nei Dias, de Anselmo deu um chocolate amargo neles, bem derretido, para nunca mais esquecerem. Com direito a revides um tanto quanto violentos: Anselmo entendeu ao pé da letra a instrução do técnico Carpeggiani de "pegar o Soto" e mandou um soco com gosto na cara do zagueiro chileno, no final do jogo. O gesto interrompeu a carreira de pugilista do Mario Soto, mas quase estragou a festa da vitória. A confusão foi generalizada, o Anselmo acabou expulso, mas nós ganhamos por 2 a 0, dois gols de Zico. Comemorei muito essa vitória!

Campeões da Libertadores, depois da surra nos chilenos, nós partimos para o Japão, onde enfrentaríamos o Liverpool, time campeão europeu que tinha levado a melhor diante de equipes tão poderosas quanto o Bayern de Munique e o Real Madrid. Acho que jamais recebi tantos conselhos técnicos de como ganhar um jogo quanto os que me deram os torcedores do Flamengo, no aeroporto do Galeão, antes do embarque para o outro lado do planeta. Primeiro, fizemos um pit stop em Los Angeles para quebrar o fuso horário. Lá, após os dias de treinos, tivemos uma reunião de avaliação sobre o jogo que enfrentaríamos. Nela, enumeramos costumes e características do povo japonês, pois planejávamos seduzir a torcida daquele país e trazê-la para o nosso lado no jogo do dia 13 de dezembro de 1981. Depois da reunião, havia uma única certeza: a melhor maneira de a nossa tática dar certo era jogarmos bem, e isso nós sabíamos fazer.

E a equipe rubro-negra tinha tudo para vencer. Éramos: Raul, Leandro, Marinho, Mozer, eu, Andrade (técnico que levou o Flamengo ao hexacampeonato de 2009), Adílio, Zico, Tita, Nunes e Lico. O time contava com uma estrela maior, o cara que, apesar de idolatrado pelos torcedores e respeitado pela imprensa, nunca mudou o comportamento: Zico. Aqueles que tiveram e têm o privilégio de conviver com o Galo podem atestar os seus valores: simplicidade, humildade, índole e caráter. Um exemplo de profissional e de homem.

Essa escalação, que ficou na história do clube, embarcou para Tóquio tranquila. No avião até brinquei com o Peu, um companheiro alagoano bom de bola, mas que, no campo da gozação, virava alvo fácil por conta da ingenuidade e da gagueira. Só comentei, em voz alta, que ele corria o risco de não entrar no Japão porque a foto em seu passaporte não mostrava o bigode e as autoridades japonesas poderiam desconfiar que não fosse ele. Ao desembarcarmos, descobrimos que Peu levou a sério a zoação e havia raspado o bigode por medo de ser detido no aeroporto.

Chegamos ao estádio de Tóquio cantando e brincando junto com os torcedores que se aventuraram a atravessar meio mundo com a gente – caso do camarada Telinho, de Friburgo, e de Siri e Moraes, fundadores da torcida Raça Rubro-Negra. Passado algum tempo entendi o risinho dos ingleses ao nos verem batucando e nos divertindo, como se não houvesse amanhã, muito menos uma partida importante a ser disputada naquele dia. Os ingleses, em sua maioria, desconhecem esse tipo de alegria: jogos, para eles, exigem um exercício de concentração até o momento da partida. Lembro que, na hora de nossa corrente, o Souness, o grande meio-campista do Liverpool, passou entre nós, seu sorriso irônico expressava além de deboche, soberba. Imediatamente, virei para a galera e mandei: "Ele está rindo agora, quero ver se mantém a pose até o fim do jogo." Nem precisou chegar lá. Passados os 45 minutos iniciais, quem gargalhava era eu, e, ao cruzar o vestiário deles, já ganhávamos de 3 a 0. Saímos do estádio da mesma maneira que entramos, cantando e tocando, só que levávamos conosco o título de campeões do Mundial de Clubes. Antes de partir para curtir férias no Havaí, ainda no aeroporto, me lembrei daquele Souness, lembrei daquele time de meninos sérios de olhar soberbo da Inglaterra.

Um ano antes, entre os feriados de Natal e Ano-Novo, participara de outra competição oficial, o Mundialito de Futebol, no Uruguai. Era um torneio internacional importante, que também comemorava os 50 anos da disputa da primeira Copa do Mundo, em 1930, naquele país. Eu queria vestir novamente a camisa do Brasil, que tinha novo técnico, Telê Santana. Ele estava animado, tentando impor outro estilo de comando, renovar a equipe e mudar antigos conceitos. Queria valorizar a habilidade técnica. Telê gostava do meu jeito de jogar, conversava muito comigo e, incansável, dava dicas para aperfeiçoar o meu desempenho em campo, para que eu buscasse sempre o passe certo, o chute certo, enfim o futebol arte. Tudo o que aprendi com Telê Santana pude mostrar, finalmente, na partida contra a Alemanha, jogo que me tornou conhecido na imprensa estrangeira.

Superei as expectativas do que se esperava de um bom jogador naquela competição. Só faltou o título, esse ficou com os donos do campo, o Uruguai, por

2 a 1. Sei que fiz um bom campeonato porque, depois dos jogos, fui sondado para sair do Flamengo. Eu estava feliz demais na Gávea para sequer considerar qualquer proposta. Além disso, coisas mais importantes ocupavam a minha mente: os jogos eliminatórios do Mundial de 1982, na Espanha.

Oito

O time brasileiro já exibia entrosamento antes mesmo das eliminatórias da Copa de 1982. Estávamos juntos havia dois anos, éramos amigos e mantínhamos excelente relacionamento com a equipe técnica. Esses três importantes ingredientes – amizade, harmonia e bom futebol – animaram também os torcedores, que demonstravam total confiança na seleção. Não era para menos. Numa excursão à Europa, ganhamos três jogos seguidos contra Inglaterra, Alemanha e França. Àquela altura, ocupávamos o número 1 na preferência mundial. Era uma seleção amigável, fraterna entre si e, sobretudo, animada. Nossa diversão preferida era o samba, que tocávamos e cantávamos em todas as ocasiões possíveis, fora dos treinos e dos muros da concentração.

Meu apreço declarado pelo samba, aliás, suscitou um convite inusitado. Pouco antes da Copa, Alceu Maia, músico, mestre e bacharel do cavaco, de renomado talento, além de meu compadre, me convidou para gravar uma composição de Memeco e Nono do Jacarezinho, feita especialmente para a Seleção Brasileira de 1982. Tentei não aceitar. Primeiro, porque não queria perder o foco da competição internacional que se aproximava; segundo, porque temia a reação de amigos, torcedores e da mídia. Poderiam achar que eu estava querendo trocar de profissão ou uni-las. Um jogador gravar uma música era novidade.

Pois é, não resisti. Sempre gostei de música e, no caso específico, a canção era de melodia fácil e letra mais fácil ainda de aprender. Começava assim: "*Voa, canarinho, voa / Mostra pra este povo que és um rei / Voa, canarinho, voa / Mostra na Espanha o que eu já sei.*" O torcedor memorizaria rapidamente e cantaria durante a Copa do Mundo. Gravei em apenas um dia. Para facilitar meu trabalho, Alceu, que fazia a produção musical, tinha deixado tudo pronto, só faltava encaixar a voz.

Foi desse jeito que "Povo feliz", popularmente conhecida por "Voa, canarinho", conquistou adeptos pelo Brasil afora até se tornar uma espécie de hino da seleção, cantada por torcedores e jogadores em todas as comemorações. O disco vendeu mais de 700 mil cópias na época.

Não só os brasileiros, mas o mundo declarou seu amor incondicional àquela seleção espetacular, considerada uma das melhores da história das copas, com atuações mais do que convincentes na primeira fase do campeonato. Suas apresentações internacionais transformaram jornalistas e torcedores estrangeiros em fiéis admiradores daquele futebol honesto, alegre, cheio de dribles e boa técnica. Para nós, jogadores, cada partida era um aprendizado da arte de jogar futebol, o que só deixava o time mais contente e mais disposto a aprimorar o próprio desempenho. Eu, entre todas as feras – Zico, Sócrates e Falcão –, corria para conquistar meu espaço, saía do lugar em que me confinaram, a lateral, para atuar solto, quase no meio de campo. Queríamos brilhar e dizer, mais uma vez: bem-vindos ao bom futebol do Brasil.

Na segunda fase, porém, o quadro começou a alterar. Argentina e Itália não andavam jogando lá essas coisas, mas tinham tradição e valores individuais mais fortes que os outros adversários. Os vizinhos do Brasil perderam da Itália.

Mas foi no jogo contra o Brasil que a Argentina foi eliminada definitivamente do mundial. Uma euforia indescritível e maluca me acometeu quando marquei um gol decisivo no jogo contra nossos arquirrivais sul-americanos. Um golaço, com direito a passar a bola por baixo das pernas do goleiro adversário.

Em seguida enfrentamos um jogo terrível. A Itália eliminou a nossa seleção e passou para as quartas de final. Jogamos muito, mas também, reconheço, erramos. Deste jogo, em particular, guardo a tristeza de não ter podido mudar o curso da história do time dos canarinhos. Por uma fração de segundo talvez eu conseguisse evitar que Paolo Rossi emplacasse o terceiro gol da vitória italiana sobre a nossa seleção. Mas só Deus sabe se naqueles microssegundos eu teria esse poder. Ou qualquer outro de nós teria.

Acabou ali em solo espanhol, e sem chegar às semifinais, a experiência maravilhosa de um time perfeito, dentro e fora do campo. Em menos de 24 horas, de sinônimo de orgulho de uma nação, aquela seleção passou a ser alvo de ira e maldades. Muitas coisas foram inventadas com o intuito de desvirtuar o foco da perda de mais uma taça mundial. Afinal, o Brasil não trazia um troféu havia 22 anos. A imprensa começou a procurar implacavelmente um culpado. Virou febre. A loucura atingiu até parte da equipe que foi à Espanha. Alguns se deixaram levar pelos jornalistas brasileiros e se reuniram a eles à cata de um motivo para a derrota. Ou, pelo menos, de um jogador que correspondesse ao perfil do grande vilão. Qualquer um servia. Era preciso achar alguém ou algo capaz de satisfazer, saciar a fome e matar a raiva do torcedor traído em sua expectativa de ganhar a Copa do Mundo.

Porém, no calor da emoção, naquele ano de 1982, ninguém se prontificou a acalmar a opinião pública, lembrando que, por ser um esporte coletivo, no futebol se ganha e se perde... junto. Que a derrota é típica do esporte e por isso mesmo ele desperta paixões, esperanças, alegrias e tristezas.

Em meio àquele caldeirão de tristeza, frustração e desesperança, um repórter publicou no Brasil uma matéria dizendo que, de tão arrasado, eu ia largar o futebol. E que, logo depois do mundial da Espanha, até cheguei a pensar em me matar. Aquilo foi uma crueldade. Naquele momento, tudo o que eu pensava era em voltar ao Brasil e curar uma outra dor que queimava meu coração. Pela primeira vez na vida eu estava apaixonado. Precisava rever Heloísa, que conheci antes de embarcar para a Espanha... e com quem me casaria dois anos depois.

Nove

Ainda na Espanha, após o jogo com a Itália, houve uma reunião no hotel em que a delegação brasileira estava hospedada. Pairava no ar um clima estranho. Ninguém parecia compreender, ou acreditar, que a seleção fora eliminada. Não havia a consciência clara de que o futebol técnico – e sem erros – daquela seleção italiana inicialmente desacreditada acabara com a festa.

Giulite Coutinho, que era presidente da CBF, tinha reunido todos da seleção para agradecer o esforço coletivo e dizer o quanto se orgulhava daquela equipe. Giulite era especial, generoso e exigente, gostava de ajudar as pessoas. Sabia que havia cumprido seu papel e estava convicto de que a única oportunidade de ter seu nome na história do futebol brasileiro esteve nos pés daquele grupo que foi à Espanha em 1982.

Foi com voz embargada que Coutinho iniciou os agradecimentos a cada um dos jogadores e à Comissão Técnica. Fez referência especial ao Telê Santana, o verdadeiro maestro daquele espetáculo. O treinador que havia construído uma equipe de talentos excepcionais, que soube mostrar ao mundo inteiro não só a técnica, mas principalmente a filosofia de seu mestre: jogar um futebol arte.

Não foi à toa que Telê incansavelmente repetiu, por anos a fio, que, se tivesse opção, faria tudo igualzinho de novo. Apesar da nossa derrota, recebeu inúmeros elogios e cumprimentos por ter sido o grande comandante da seleção espetacular que foi à Espanha lutar pelo título mundial. Telê foi chamado a assumir novamente a seleção na Copa de 1986. Voltou a escalar os principais jogadores da campanha de 1982, e eu estava entre eles.

As palavras de Coutinho, de Telê e do pessoal da equipe técnica nos comoveram. Caímos no choro.

Eu, principalmente. Naquele momento, lembrei-me das inúmeras vezes em que painho e tio Aluízio me contaram sobre a tragédia brasileira na Copa de 1950. De como o Maracanã havia sido construído e preparado como uma noiva para aquela ocasião – e a festa foi do Uruguai. Em vez de samba, os brasileiros tiveram que dançar o tango das bandas uruguaias. Eu me conscientizei, ali, que, mesmo fazendo tudo certo, tendo uma boa equipe e se programando de maneira correta, ninguém foge das peças que o destino gosta de pregar nas pessoas – e particularmente pregou na Seleção Brasileira.

Depois da reunião, muito emocionado ainda, eu não sabia o que fazer. Estava confuso. Era certo que eu e meus companheiros deixamos escapar o sonho de ganhar uma Copa do Mundo e de trazer o troféu para o povo brasileiro, quando isso estava praticamente nas mãos, ou melhor, nos pés de todos nós. Mas também era mais do que certo que tínhamos feito tudo que estava ao nosso alcance e dado o máximo para atingir o objetivo dourado.

Naquele dia, ainda saí com os amigos mais chegados, procurando encontrar, nas conversas racionais, sem emoção, os vários fios que nos conduzissem àquela teia chamada derrota. Onde havíamos, afinal, errado. Eu queria saber, porque cismei que da nossa derrota na Espanha estava o caminho para ganhar o próximo mundial. Foi um dia difícil de acabar: seis horas depois, apesar das conversas, não havia conseguido chegar a nenhuma conclusão.

Aquele torneio, mais do que qualquer outro, deixou marcas difíceis de apagar e, entre elas, uma amizade desfeita. Um dia após o jogo, eu fui o único jogador a conversar com os jornalistas e, particularmente, com um que cobria o dia a dia do Flamengo. Abri meu coração. Falei do retorno ao Brasil, dos projetos, da carreira e da enorme tristeza pela derrota, da enorme ferida que levaria tempo para cicatrizar. Falei livremente, sem imaginar que existia uma mente tão sórdida e mesquinha, capaz da maldade de inventar e escrever para uma pessoa um destino que certamente não queria para si próprio.

Quando cheguei ao Brasil e li a tal reportagem, tomei um susto. Em momento algum, eu havia mencionado na conversa com aquele repórter – que se dizia até então meu amigo – que pretendia abandonar a carreira, como estava ali escrito. Muito menos que passara pela minha cabeça a ideia de suicídio. Imagina a angústia de mainha e de meus amigos com o teor sensacionalista da matéria. Tive que desmentir tudo aquilo numa entrevista coletiva, na qual afirmei para os jornalistas que a luta para conquistar outros títulos iria continuar. Que na vida de guerreiros não havia espaço para a tristeza instalar ideias destrutivas.

Havia muitos outros sonhos a conquistar dentro e, principalmente, fora de campo. Tinha, afinal, voltado para o abraço da família e da namorada. Heloísa era motivo mais do que suficiente para esquecer o desenlace daquela aventura, da qual eu me orgulhava de ter feito parte, mesmo que alguns insistissem em tentar ofuscar o brilho do voo dos canarinhos brasileiros na Europa.

Ainda fiz um novo voo solitário, resultado da trajetória na Espanha. Fui escolhido pela Fifa e pelos jornalistas estrangeiros como o melhor lateral esquerdo e, por esse motivo, participei, em Nova York, de um jogo com as feras de todas as seleções de 1982.

Voltei ao Flamengo com outro status, e ao Rio de Janeiro, como celebridade. Constatei a nova imagem de ídolo nacional ao participar da pelada de fim de ano entre amigos do Clube da Praia e jogadores que batiam uma bolinha nas areias de Copacabana. Nunca houve tanto torcedor em disputa semelhante. Precisei sair escoltado por policiais, tamanha a euforia dos admiradores que queriam tirar fotos, a minha camisa e até um pedaço de mim, além de autógrafo. Fui aconselhado pelos policiais a sair de fininho, para evitar o assédio agressivo de alguns.

O ano de 1982 foi bom, apesar da Espanha, ou, talvez, principalmente pela Espanha. O Flamengo conquistou, novamente, o campeonato brasileiro; eu, mais uma vez, escolhido o melhor lateral esquerdo do Brasil e... estava apaixonado. Realmente, eu estava pronto para novas emoções. Futebol é realmente uma "caixinha de surpresas".

Dez

A minha vida pessoal ia de vento em popa. Eu estava nas nuvens com a namorada, já tinha sido até apresentado aos seus pais – ela também havia conhecido a minha família. O ano de 1983 era alvissareiro: assinara um novo contrato e surgia uma novidade, o interesse de clubes estrangeiros pelo meu passe, meu futebol. Enfim, estava concretizando o sonho antigo, imaginado bem lá atrás, quando cheguei da Paraíba, de unir a paixão pelo futebol com a garantia de um bom salário.

Os tempos começavam a mudar no futebol brasileiro: os jogadores não mais migravam entre os times nacionais, agora eles saíam do país. Recebi um convite e inicialmente pensei em recusar, afinal em 1981 o Real Madrid quis negociar a minha ida para a Espanha e não deu em nada. Naquela época, tudo que envolvia leilões de compra de passes de jovens talentos era muito incerto, apesar de alguns amigos terem partido para o exterior.

Eu não queria sair do Brasil. Estava bem no Rio, bem no Flamengo, que acabara de ganhar pela terceira vez o campeonato brasileiro. Passei a ser a principal referência no clube depois que Zico foi vendido para a Udinese, da Itália. Decidi ficar por aqui e fazer da troca de endereço minha única mudança – me casei em janeiro de 1984 e tive meu primeiro filho naquele mesmo ano. Porém, os planos mudaram quando um time da Itália resolveu me levar de vez para o velho continente.

Eu participava de um amistoso da nova Seleção Brasileira, sob o comando de Telê Santana, quando recebi o convite oficial para jogar no Torino e na minha verdadeira posição. Ia, finalmente, realizar o sonho de ser um jogador de meio de campo. Em poucas horas, o contrato estava assinado e eu dispensado da Seleção Brasileira para fazer exames médicos na Europa.

Mudar de país é sempre difícil. Ao embarcar no primeiro voo, pensei: Será que vou ser feliz ou, ao menos, me adaptar em terra estrangeira? Como será essa aventura, apesar de ter ido muitas vezes à Itália e de conhecer afetivamente suas terras há tanto tempo?

Nessa época, a Itália estava em bastante evidência no Brasil, principalmente pela sua música, que tocava nossos corações. Ah, doce Itália, que conheci pelas vozes de minha família e pelas canções ouvidas em discos e programas de rádio e tevê. Inúmeras vezes cantei uma música italiana inteira sem saber sequer o que dizia: era "Roberta", na voz de Peppino di Capri. A língua italiana era outra paixão, eu ansiava entender, falar e, acima de tudo, cantar sabendo exatamente o significado das palavras, cuja sonoridade até ali me havia bastado.

Ao desembarcar no aeroporto de Milão, fui recepcionado carinhosamente pelos dirigentes do Torino, os mesmos que vieram ao Brasil negociar minha contratação. No pedágio de Turim, cidade na região de Piemonte, ao norte da Itália, os torcedores fizeram uma algazarra impressionante. Pulavam e gritavam como se comemorassem um belo gol, quando apenas haviam reconhecido o diretor do clube. A manifestação era claro indício da alegria com a mais nova contratação. Para mim, o gesto dos torcedores embutia também uma grande responsabilidade, a de ajudar o time a vencer seu grande adversário, a Juventus, que reunia, entre os jogadores, metade da seleção italiana – a mesma que derrotara os brasileiros na Espanha, em 1982.

A apresentação na sede do clube, no dia seguinte, foi um Carnaval fora de época, com direito a bandinha tocando músicas brasileiras e a uma multidão gritando palavras de ordem contra a Juventus. Fundado em 1906, por dissidentes da Juventus e por alguns diretores do extinto F.C. Torinense, o time italiano chegou a ter, na década de 1940, um esquadrão imbatível de meter medo em qualquer clube grande. Nove anos depois, uma tragédia varreu seus jogadores e dirigentes do mapa, quando voltavam de um amistoso contra o Benfica, em Lisboa. O avião se chocou contra a muralha da Basílica de Superga, uma igreja localizada no topo do morro nos arredores de Turim, enquanto tentava aterrissar em meio a um temporal. Morreram 31 pessoas, entre atletas, dirigentes, jornalistas e tripulação. Na época, o time era chamado de Grande Torino e uma das estrelas que se apagou foi o grande capitão Valentino Mazzola. Com o acidente, não só o clube ficou sem sua equipe, como a seleção italiana perdeu dez de seus 11 titulares.

Apesar da minha vasta experiência profissional, a aventura italiana soava como início de carreira. Seria mais um desafio em minha história. O batismo aconteceu logo na entrevista de apresentação à imprensa, quando um repórter perguntou: "O que veio fazer um jogador de 30 anos na Itália?" Achei aquilo fora de propósito e, na hora, cheguei a questionar o intérprete se ele havia entendido direito. Porém, nem tive tempo de responder ao jornalista. Fui bombardeado com outras perguntas: "O que o levou a aceitar a proposta de um clube de médio porte da Itália?", "Já conhece alguma coisa da cidade?", "Como pretende aprender o idioma?" Um pouco irritado com a recepção, me limitei a dizer: "Daqui a três meses vocês terão minha resposta."

Onze

Depois do primeiro encontro com uma imprensa reconhecidamente exigente quando se trata de futebol, fui cuidar da vida, procurar casa, conversar com Heloísa sobre as dificuldades de adaptação que enfrentaríamos naquele lugar tão lindo, de vizinhança tão pouco amistosa e tão longe do Brasil.

Apreensivo, mas encarnando o espírito guerreiro, eu me preparei para a pré-temporada numa cidadezinha nas montanhas, no alto da cidade italiana de Saint Vincent, junto à França. Nos testes físicos, me saí bem; suportava sem problemas os novos métodos de trabalho, muito cansativos, porque era preciso acelerar os tempos nos treinos, com vistas a um torneio

12 dias depois. Nesse período, foi possível entrever o início de novas amizades e mostrar o que sabia do futebol brasileiro.

Do Brasil, eu tinha levado na bagagem um dicionário e uma gramática de italiano para iniciantes. Dei sorte porque aliei essa preocupação a um encontro com um jovem jogador que se recuperava de uma fratura na perna. Pietro Mariani era uma figura especial, um italiano que adorava o Brasil e nosso idioma. Foi fácil para nós dois estabelecermos um acordo. Ele me ensinaria italiano e eu, em troca, daria aulas de português.

No primeiro amistoso, a imprensa pôde ter um breve panorama do que eu fui fazer em Turim. O jornal esportivo da cidade elogiou as qualidades técnicas, dizendo que boa coisa se podia esperar dos pés de um jogador tão dedicado em campo. Não me deixei empolgar pelos elogios, afinal, era o início de uma temporada de três anos de contrato.

No término da pré-temporada, me senti seguro o suficiente para voltar ao Brasil, buscar mulher e filho e ficar longe da cidade que me adotou quando criança. A despedida da família e dos amigos aconteceu num restaurante no Aterro do Flamengo, cujo cenário era o Pão de Açúcar, com direito a churrasco, samba e muita alegria. Na hora do brinde, cheguei a surpreender Heloísa com meu italiano – eu já conseguia falar e compreender o idioma dos meus novos companheiros de time.

Na volta à Itália, a estreia foi em casa, em todos os sentidos. Eu, a mulher, o filho e uma secretária que levamos do Brasil nos instalamos em um ótimo apartamento na colina Torinese, o que foi muito bom, porque, logo que cheguei, tive de deixar a família sozinha por dez dias, naquele país desconhecido, para participar de uns torneios. Um casal que trabalhava no Torino se prontificou a ajudar minha mulher nesses dias. Afora algumas dificuldades em fazer compras, as coisas fluíam com tranquilidade. Em poucos dias, Heloísa começava a se adaptar à nova rotina e a fazer amizades. Junto com um grupo, ela foi assistir à estreia do time no campeonato.

Foi um jogo difícil, empate até o fim do segundo tempo, quando um gol solitário, depois do meu lançamento, deu a vitória ao Torino e a nota 6,5 ao meu desempenho, o que, para os padrões locais, dizem, era boa. Padrões, aliás, sempre desafiados por mim. Afinal, eu, o jogador estrangeiro, tinha rapidamente me adaptado, o que era incomum. Dava entrevista sem intérprete, frequentava uma taberna, onde cantava e tocava pandeiro com amigos brasileiros do consulado e da Embraer, e ainda me destacava como um dos principais jogadores do time que brigava pela liderança do campeonato – embora o maior desafio ainda estivesse por vir: suportar o inverno e seus dez graus abaixo de zero.

Na primeira nevasca, não consegui sair de casa. Fiquei impedido pelo nível acima do normal de neve e por um carro não adaptado àquelas condições. Aprendi na prática a conviver com as tempestades: dois dias depois, devolvi o carro cedido pelo Torino e comprei uma caminhonete com tração 4 por 4, equipada para enfrentar as ações violentas da natureza. Nos treinos, vestia tanta camisa e um casaco tão pesado que virei motivo de gozação dos companheiros. Mas, depois, acabei servindo de exemplo: fui o único a perder peso no inverno mais rigoroso em 30 anos, estação em que é comum os jogadores acrescentarem um quilo à silhueta.

Era o primeiro *derby*. O encontro dos dois clubes rivais daquela cidade estava sendo esperado ansiosamente pelos torcedores. A consagração veio quando bati um córner, aos 46 minutos do segundo tempo, e Serena, o artilheiro do time, finalizou com um golaço, derrotando a arquirrival Juventus, por 2 a 1. Festa no estádio e na cidade com a vitória do time médio contra o grande. As comemorações se estenderam até o Natal, quando uma folga de dez dias garantiu o retorno ao aconchego do verão e dos amigos deixados no Rio de Janeiro, cidade que me fez retornar cansado para a segunda etapa do campeonato italiano, por conta de dezenas de peladas e jogos beneficentes.

Os inúmeros casacos foram em meu socorro. Com eles, treinei tanto que, apesar da surra carioca, voltei à antiga forma e consegui jogar sob um frio de 5 graus negativos. Cheguei até a fazer um gol de pênalti. No meio daquele jogo, realizado dois dias depois da volta, meu rendimento caiu, é claro, assim como se foi também, em algumas semanas e em meio à temperatura tão baixa, o bronzeado que levei da Cidade Maravilhosa.

Demorou, mas o inverno cedeu lugar à primavera, que chegou gloriosa, colorindo as ruas, os jardins e as roupas das pessoas, que, àquela altura, nem se lembravam mais do longo período cinzento nem de seus casacos pesados. Onde quer que eu olhasse, via sempre um parque florido. Era a época em que eu gostava mais de sair com meu primogênito. Aliás, Rodrigo ia tanto ao estádio que já considerava o local a sua segunda casa. Só não deu, naquele ano, para ele ver o Torino campeão. O time brigou até a última rodada, mas terminou em segundo lugar.

Naquele ano, Turim entrou definitivamente na história da minha família. E nós três – eu, Heloísa e Rodrigo – estávamos muito felizes. Afinal, a primeira menina, Juliana, a nossa July, havia nascido.

Doze

Três longos invernos em Turim e eu já pensava seriamente em voltar a morar no Brasil. Nos últimos dois anos, doía retornar ao batente depois de alguns dias no Rio de Janeiro com a família e os amigos, fazendo tudo o que mais gostava na vida. Eu me consolava dizendo a mim que a estada na Europa era transitória, não seria para a vida inteira. Mas a estratégia motivacional passou a não funcionar mais quando surgiram as primeiras desavenças com o treinador do Torino.

Certo dia, depois de um jogo, Gigi Radice nos disse que não era babá nem assistente social, numa referência a nossa fase de fraco desempenho. Assumi aquilo como ofensa pessoal e respondi que, se eu estava precisando de assistente social, ele necessitava urgentemente de um psiquiatra. Não havia registro na história do Torino que um jogador falasse em público o que eu disse, mesmo coberto de razão. Na realidade, o Gigi tomava umas atitudes estapafúrdias em alguns momentos. No fim do campeonato de 1987, o presidente do Torino me perguntou se eu queria continuar no clube. Respondi: "Lógico, aqui é minha casa. Porém, não tem mais lugar nela para mim e o Mister." Era assim que nós jogadores chamávamos o técnico do Torino. E finalizei em seguida: "Ou ele ou eu." Ele preferiu o Gigi Radice. Azar o dele, porque, em seguida, joguei no time do Pescara tão bem quanto nos primeiros três anos de Torino.

Em mais um desses encontros casuais da vida, esbarrei com o presidente do Torino. Fazia quase dois anos que eu estava no Pescara. Ele veio até mim e falou, em tom de lamento: "Fui muito ingênuo em te deixar ir embora." Era tarde. Naquele mesmo dia, o Pescara ganhou de 2 a 0 do Torino. Talvez tenha sido a minha melhor atuação no time italiano que me levou de Turim.

Pescara é um local turístico clássico à beira-mar. Fui o primeiro estrangeiro a jogar no time, que só recentemente voltara à primeira divisão. A boa receptividade dos torcedores e dos dirigentes do clube à minha contratação estreitou ainda mais minha relação com o time. No jantar de apresentação, quando conheci o treinador, percebi que teríamos, além de forte amizade, uma cumplicidade no estilo de trabalho. Essa sensação durou os dois anos em que joguei no Pescara. O treinador era jovem, cheio de ideias novas e com uma filosofia de trabalho muito semelhante à minha. Enfim, o oposto do técnico que tinha deixado em Turim.

Aliás, Pescara se diferenciava em tudo de Turim. Por causa disso, as férias no Brasil, dessa vez, aconteceram em clima de expectativa, animação e boas perspectivas de uma nova fase. Eu iria viver numa cidade apaixonada por futebol e que contava apenas com um time para torcer. Mais do que isso, ia morar num lugar em que o povo depositou em mim todas as suas esperanças de permanecer na primeira divisão italiana. Talvez tenha sido a pré-temporada em que mais trabalhei, mas certamente foi a primeira na Itália em que me diverti pra valer e fiz amigos para toda a eternidade. Definitivamente, naquela pré-temporada, recuperei a alegria de jogar futebol.

No início dos amistosos, o time começou a dar sinais de que ia longe no campeonato que se iniciava. Já acumulava bons resultados contra equipes consideradas mais fortes. O primeiro jogo do campeonato oficial, contra a Internazionale, foi realizado no Estádio de San Siro, também conhecido como Giuseppe Meazza, em Milão, lugar onde muitos jogadores do Pescara nem sequer haviam pisado. Claro que o treinador estava preocupado e os jogadores também. Sabíamos que era um enfrentamento contra um time muito mais forte e com muito mais talentos e recursos individuais. O treinador nos disse, antes da partida, que o que iria definir a permanência do Pescara na primeira divisão eram os jogos perto de casa, junto à sua apaixonada torcida, insinuando, com isso, que de certa forma esperava nossa derrota. Mas o que se assistiu foi a uma vitória de tal grandeza, limpa e merecida, que recebeu, inclusive, aplausos da torcida anfitriã. Na volta para casa, parecia que o time conquistara o campeonato, porque a cidade estava em festa.

Os bombeiros foram chamados para conter a euforia dos moradores de Pescara. Comentaristas de um programa local de rádio tratavam de dar uma acalmada em todos, lembrando que tudo podia mudar — ou se manter no mesmo — se os bons resultados, principalmente em casa, não acontecessem. Outras vitórias haviam acontecido antes. Porém, nas rodadas seguintes, bons resultados continuavam de maneira simples, precisa — tanto fora quanto dentro de casa —, a ponto do Pescara se manter entre os três primeiros por quatro rodadas. A essa alegria, em mim se somava o fato de a mulher e os filhos estarem mais do que adaptados ao lugar, tendo estabelecido laços de amizade também fora do universo do clube. Pescara estava sendo, realmente, um bom lugar para viver.

Finalmente, chegou o dia da primeira partida contra o Gran Torino. Confesso que foram 24 horas de ansiedade e uma sensação de que ali estava a chance da vingança, da revanche. Eu me encontrava muito bem tecnicamente, o Pescara melhor ainda, enquanto o time de Turim estava vivenciando uma crise mais do que esperada e anunciada. Joguei com tamanha raça que chegaram a dizer que mais parecia uma disputa de final de Copa do Mundo. Estavam certos. Queria provar ao pessoal de Turim que poderia ter dado muito mais ao time deles, se a briga com o treinador não houvesse me travado e a escolha dele não tivesse provocado tristeza e mágoa. Depois do jogo, fiquei leve. Apesar do empate, tinha feito uma excelente partida no novo time e tirado das costas o peso de anos disputando partidas sem alegria. Passei os primeiros seis meses em Pescara, antes de voltar para o Rio de Janeiro, de férias, satisfeito. Deu tudo certo para mim e para o time que me contratou. Estava feliz por ajudar o já querido Pescara a atingir uma posição na tabela do campeonato que nem os mais fervorosos torcedores ousaram acreditar.

Treze

Daquela vez, eu voltei feliz para a Itália depois das festas de fim de ano no Brasil. Nos treinos, passei a exibir o antigo sorriso e a alegria desaparecida nos corredores do Torino, desde o início das sérias divergências com o Gigi Radice. Tudo fluía melhor em Pescara; eu, finalmente, recebia prêmios e indicações de melhor jogador. O time tinha menor expressão do que o Torino, é verdade; tinha dificuldades muito maiores a serem enfrentadas, é certo; mas nele cada conquista era valorizada. Eu gostava disso. Novamente, me sentia importante aos olhos dos torcedores, dos outros jogadores e até do treinador. Um estímulo que serve de alimento para qualquer jogador. O clima bom fez com que me reencontrasse com a bola e voltasse a jogar o futebol que sabia – e conhecia. Estava feliz. No futebol, quando se está feliz, as coisas funcionam às mil maravilhas dentro das quatro linhas. No final da temporada, o presidente do clube queria, inclusive, renovar o contrato para o que seria o meu último ano jogando profissionalmente na Itália.

Eu me sentia com a idade avançada, pelo menos, para o futebol: 34 anos. O futebol é um exercício profissional cruel. Traz inúmeras alegrias, mas é exigente e não aceita ninguém com mais de 30. Se formos contar nos dedos, a vida útil de um jogador é de, no máximo, dez anos. Antes dos 20, ainda não está maduro; depois dos 30 anos, está na idade de se aposentar. Eu também não tinha mais a mesma paciência para a rotina dos jogos, da concentração e dos treinos. Ansiava em voltar ao Brasil. Mesmo assim, estava inclinado a renovar o contrato, e o faria se meu filho, Rodrigo, involuntariamente, não tivesse interferido. Certo dia, estávamos todos assistindo a alguns jogos históricos em uma velha fita de videocassete. Com a camisa de número 5, vimos passagens em que eu dava passes certeiros para os companheiros do Flamengo. Meu filho, no auge da curiosidade de seus cinco anos, disparou: "Pai, quando eu vou ver você jogar no Maracanã?" Não pensei duas vezes. Desliguei a televisão, olhei para Heloísa e disse: "Está na hora de voltar para casa!" Era mais do que uma decisão. Era uma promessa ao meu primogênito.

Ainda na Itália, o destino acabou nos reservando uma agradável surpresa. Heloísa descobriu-se grávida de nossa segunda menina, a Carolina. A notícia nos pegou de surpresa e veio preencher o vazio que sentíamos após a perda, no ano anterior, de um bebê no terceiro mês de gestação de minha esposa. Com o nascimento de Carol, em dezembro, no Rio de Janeiro, o melhor time da minha vida estava completo.

O retorno ao Brasil estava bem encaminhado. Heloísa foi, a princípio, contra. Temia que eu corresse o risco de ser chamado de "velho" na primeira vez em que um passe saísse errado ou não jogasse bem. Alertou que poderia ser uma experiência ruim, depois de tantas glórias no Flamengo. Mas não a escutei. Não queria ouvir ninguém. Só a voz do meu filho. Conhecia minhas condições físicas e tinha plena consciência do que ainda podia fazer no futebol. Sabia que a parte técnica continuava boa, além de ter agregado a ela uma nova qualidade, a experiência. Enfim, em 1989 voltei para o Rio e para o Flamengo, onde logo me deparei com o ceticismo dos jovens torcedores e de alguns repórteres, é claro, que nem sequer haviam me visto jogar, no passado. A eles, pedi apenas dois meses para me readaptar. Eu estava craque em solicitar um prazo a jornalistas e torcedores.

Demorou exatos dois meses e meio até voltar à minha antiga forma e ainda ajudar o Flamengo a conquistar a Copa do Brasil. Pretendia jogar só um ano, pendurar as chuteiras e me dedicar a algo menos exaustivo – ou desafiador –, como a diretoria técnica do time. Eu e o Zico, que estava jogando os últimos meses de sua carreira, éramos os únicos remanescentes da época de ouro do Flamengo a permanecer à luz dos estádios de futebol. Eu estava cansado de, a cada jogo, ter que provar, de novo e de novo, do que era capaz. Os tempos do futebol tinham mudado.

Um ano depois, no entanto, as coisas voltaram a ser como nos bons tempos e até me arrisquei a prolongar o contrato por mais 12 meses. Foi um bom palpite. Comecei, aos poucos, a assumir a liderança do grupo, o que era extremamente necessário, naquele momento, em que os mais novos pediam que alguém mostrasse a eles o caminho de manter com profissionalismo a arte do futebol.

Jogar bola se confunde com a brincadeira, o lúdico, por isso muitos jogadores não saem da infância, ficam no meio do caminho e não encontram a saída para unir o prazer e a profissão. A molecada do Flamengo, por exemplo, era boa de bola, mas alguns tinham a cabeça no mundo da lua. Com o passar do tempo e muita conversa, eles entenderam que só vencia na profissão quem se comportasse como profissional. Os pés mágicos na condução da bola sempre cobravam caríssimo o tributo de quem se aventurasse no mundo do futebol com ingenuidade. Ou infantilidade.

No fim do Campeonato Carioca de 1991 vivi um momento de glória e particularmente emocionante porque havia um convidado especial assitindo àquele Fla-Flu. Quis ainda o destino que eu protagonizasse o quarto e último gol da partida. Quando faltavam três minutos para o fim do jogo, olhei para o meu convidado, próximo à beira do campo, sentadinho, ansioso para ouvir o sonoro apito final. Mal o juiz levou o apito à boca, Rodrigo se levantou e disparou chorando em direção ao meu abraço. Vinha comemorar como se ele fosse um dos jogadores. Entre soluços, me disse: "Pai, nós ganhamos, somos campeões."

Naquele abraço apaixonado, eu honrava, finalmente, a promessa, feita ainda em Pescara, de que meu filho me veria jogar no Maracanã. A alegria de um abraço no fim de um jogo vitorioso só o futebol traduz. Mas, dessa vez, a comemoração estrapolara o lado esportivo. Era um encontro mágico entre pai e filho.

Catorze

Entre as coisas que aprendi ao longo da minha carreira, uma foi a de não cumprir as promessas feitas a mim, principalmente em relação a pendurar as chuteiras: resolvi, por exemplo, jogar mais um ano no Flamengo. Aliás, ultimamente, estava sempre me dando novos 12 meses. Afinal, que motivo teria para abandonar o futebol no momento em que jogava bem, fora eleito o craque do campeonato regional e a torcida, em coro, pedia para ficar?

Talvez, a consciência de, quase aos 38 anos, estar muito velho para jogar poderia ser uma razão. Mas nós jogadores somos vaidosos – é natural. Eu vivia uma fase ótima, talvez melhor do que a experimentada em Pescara, logo que saí do Torino. Minha motivação para treinar era inquebrantável. Até o que me preocupava, o condicionamento físico, vinha sendo contornado por competentes preparadores. O treinamento era de tal modo planejado que conseguia manter o ritmo dos mais jovens até o fim de cada jogo. Passei a me ocupar milimetricamente da alimentação e, em consequência, o rendimento melhorou. Estava sempre no peso, para que a parte física permanecesse no tom exigido; e de cabeça boa, para viver o melhor na relação com a bola, minha velha companheira. Além disso, as condições de trabalho no Flamengo estavam melhores, com a garotada do time mais experiente, sem fazer as bobagens e as loucuras do primeiro ano.

Ganhei muitos títulos com o Flamengo – o Carioca, a Libertadores e até o Mundial, porém o Campeonato Brasileiro de 1992 foi especial até pelas condições em que o joguei. Na época da renovação, em 1991, após a conquista do Estadual, numa vitória contra o Fluminense, Carlinhos, nosso treinador, perguntou se eu ia renovar o contrato. Devolvi a pergunta: "E você?" Em seguida, emendei: "Se você assinar por mais uma temporada, eu também assino."

    Comecei uma nova temporada definindo metas bem mais ambiciosas do que as estabelecidas nos dois anos anteriores. Queria ser campeão do brasileiro, porque já havia vencido uma competição nacional e outra regional. Como o campeonato começava no primeiro semestre, corri em busca de renovação dos contratos. Porém, o Flamengo estava imerso em dificuldades financeiras, levando seus dirigentes a investirem pouco, principalmente em novas contratações. Embora a garotada estivesse pronta para dar um salto de qualidade nos jogos, os objetivos, diante das incertezas, eram bem mais difíceis de serem atingidos. Apesar dos esforços, nada começou bem para o Flamengo naquele campeonato. Algumas derrotas seguidas colocaram em xeque o treinador, que conhecia os jogadores jovens como ninguém e todo o time. Carlinhos sabia como poucos a melhor maneira de guiá-los dentro e fora de campo, pois havia treinado muitos deles nos juniores. Essa alquimia tinha dado certo no ano anterior. Porém, a diretoria, aflita, pensava em trocar o técnico e chegou a conversar comigo sobre isso. Eu disse logo: "Estão loucos? Ele é a nossa melhor aposta."

Éramos um bom time, mas ninguém era louco o suficiente para nos colocar entre os favoritos do Brasileirão de 1992. Afinal, Vasco, São Paulo e Botafogo tinham investido muito nas suas equipes. Quando perdemos para o Sport dentro de casa, no Maracanã, a imprensa nos declarou fora, porque não dependíamos mais dos nossos próprios resultados. Estávamos nas mãos dos outros.

No entanto, o Flamengo, apesar dos tropeços, chegou entre os oito classificados para a segunda fase do Campeonato Brasileiro. Ganhamos de 3 a 1 contra o Santos, no Maracanã, e o Vasco fez sua parte, despachando o São Paulo em São Januário por 3 a 0. Fomos ajudados pelo arquirrival na última partida, é verdade. Mas não importa. O certo é que, dali em diante, se vencesse um a um seus adversários o time estaria na final, mesmo sabendo que todos os concorrentes haviam feito campanhas sólidas e sem sobressaltos. Na Gávea, ao contrário, os salários estavam atrasados. Deixei claro para os jogadores, numa reunião, que ganhar o Brasileiro, ou pelo menos ir o mais longe possível naquele octogonal, era a única chance de receber o dinheiro que lhes pertencia. Falei novamente, no vestiário do clube: "Nós vamos ter que fazer alguns sacrifícios, deixar de lado algumas brincadeiras e suar muito no campo para ganhar esse campeonato. Só assim vamos receber o que nos devem."

A velha tática de estímulo por um prato de comida funcionou. A perspectiva de receber os salários, além da alegria de vestir a camisa rubro-negra, despertou a garra dos jogadores. O time do Flamengo foi passando por todos os concorrentes favoritos. Os atletas foram acreditando que podiam e a torcida também, tanto que começou a lotar o estádio. Uma extraordinária transformação se fez no time na semana de reestreia. A garotada foi massacrada com histórias e conversas motivacionais. E a alquimia criada entre a torcida e o time fez o resto. Eu joguei como se aos 38 anos estivesse começando minha carreira, os meninos também suaram muito a camisa. Despachamos um a um, o Santos, o Vasco e o São Paulo, jogando um futebol convincente.

Até que chegou o dia de enfrentar o time de melhor campanha, o grande favorito e o que realmente merecia, por seus próprios méritos, todos os elogios, o Botafogo. Porém, a soberba e o orgulho exagerado costumam quebrar sem piedade o dorso de quem os exibe. Alguns jogadores adversários passaram a falar como campeões, na semana do jogo, e deram declarações menosprezando o Flamengo, time conhecido mais do que tudo por sua imensa raça. Estavam todos, do outro lado, se achando campeões. Esse veneno foi mortal. Recortei as entrevistas dos jornais e as colei no quadro de avisos de todos os jogadores do Flamengo. Eu as deixei ali para que lessem e arrumassem dentro da alma a motivação para a primeira partida.

Antes do jogo, o treinador falou e, depois, me deu a palavra, como capitão do time.

Naquele momento, fisguei o olhar de cada um dos garotos e lancei a pergunta: "Qual é o maior desejo de um jogador quando inicia a carreira?" No alto da minha experiência e com o conhecimento dos desejos acalentados no coração daqueles jovens, acrescentei: "Não é comprar uma casa para a mãe?" Imediatamente responderam, quase em uníssono: "Sim." Fiz uma ligeira pausa e disparei: "Então, façam de conta que nesse jogo vocês vão comprar os primeiros tijolos de uma casa que vai ficar pronta muito em breve."

O recado surtira efeito. Os olhos dos garotos brilharam. Pressenti que alguma coisa boa ia acontecer. E aconteceu. O jogo foi definido em 45 minutos: 3 a 0 para o Flamengo. A atuação do time foi perfeita, e eu, aos 38 anos, o vovô do Flamengo que já pensava em guardar as chuteiras, tive o privilégio de ser o maestro daquela dança. Fui o autor, inclusive, do primeiro gol. Parecia que eu havia recebido o meu próprio recado, pois passei a ter uma atuação bem acima de todas as outras no campeonato, digna de uma despedida, e até passei a viver um novo personagem, o de artilheiro do time, o que nunca acontecera na minha vida profissional.

Na verdade, eu e os meninos nos sentíamos com a chave de casa e do coração da torcida do Flamengo. Bom, o primeiro jogo havia acabado, era hora de baixar a bola da rapaziada, para não cometer o mesmo erro de soberba do adversário que acabara de cair. Lembrei a eles que nada estava decidido, disse que todos tinham que ter a mesma garra e a mesma determinação naquela semana se quisessem vencer novamente.

Chegou, então, o dia do grande clássico. Mesmo tendo pisado no gramado por quase uma década, eu me emocionei com a visão de um Maracanã rubro-negro. Nem o grave acidente ocorrido minutos antes do jogo – em que a queda de parte do alambrado acabou machucando muitos torcedores – intimidou a raça da galera em preto e vermelho que lotou o estádio, decidida a incentivar os jogadores e ver o time campeão.

O jogo começou muito nervoso como eu previa. A marcação, acirrada nos dois lados do campo. Lá pelos 43 minutos do primeiro tempo, eu tinha invertido minha posição com o Uidemar, meu companheiro de meio-campo, para que ele pudesse ter mais liberdade, já que eu estava muito marcado. Foi então que o adversário cometeu a bobagem de fazer uma falta perto da área inimiga – para nós –, sofrida pelo Gaúcho do lado direito da defesa do goleiro Ricardo Cruz, do Botafogo. Senti que era o momento de deixar a minha marca no Maracanã.

Era uma falta perfeita para quem chuta com o pé direito, exatamente como eu gostava e tinha treinado na véspera muito com o Zinho. Eu cheguei para bater e o Zinho, que tinha tido um ótimo aproveitamento, pediu a vez: "Deixa comigo, maestro, que eu vou marcar o gol." Esperei o Ricardo fazer a barreira e respondi ao Zinho: "Está mais para o pé direito, se eu acertar o gol dificilmente ele vai pegar, está muito perto." A trajetória que a bola iria tomar comigo batendo iria fugir do goleiro, e o Zinho como canhoto ia de encontro a ele. Ele me olhou não muito convencido e se posicionou como se fosse bater, porém, no último segundo, disse: "Vai você." Acho que até o Ricardo Cruz achou que ele iria bater mesmo.

Não peguei muita distância da bola, para não dar chance ao Ricardo de se preparar para a defesa, e consegui bater com a parte interna do pé, fazendo exatamente a trajetória que tinha imaginado antes de chutar. A bola saiu não muito forte, mas com uma precisão que não deu chance ao goleiro de sequer chegar nela. Ouvi o grito da torcida: "Goool!"

Aquele era, na verdade, o nosso quarto gol, já que tínhamos vencido o primeiro jogo de 3 a 0, e era a consolidação da conquista do campeonato. Saí desesperado para comemorar com a galera. Não sabia se pulava, socava o ar, fazia aviãozinho. Gottardo, Fabinho, Uidemar, todos atrás, para me dar um abraço. Enfim, saí fazendo tudo ao mesmo tempo, parecia um desequilibrado tamanha a alegria do momento.

Até hoje, quando revejo este gol, me vem a certeza de que foi sem dúvida o mais importante da minha vida como profissional do Flamengo. A hora da bola dentro da rede e a do eco da torcida, num dos maiores e mais belos estádios de futebol do mundo, ficarão para sempre impressos em meu coração.

Junior? Bem, disseram que era eu, sim, aquele sujeito em busca do abraço. Mas eu próprio não tinha consciência de que aquele cara sem coordenação nas pernas, sem firmeza e totalmente inebriado era eu, nascido Leovegildo Lins Gama Junior, no estado brasileiro da Paraíba, em 29 de junho do ano de 1954. Naquele momento, eu me desconhecia – sentia uma felicidade indescritível. Não era apenas o Junior. Havia incorporado aquela imensa torcida, incendiada pela minha imensa paixão pelo futebol.

Aos 38 anos, é, repito, aos 38 anos, depois da temporada no Flamengo, passando por um curto período como treinador do time, ainda fui convidado para ser consultor da Seleção Brasileira na Copa do Mundo de 1994. Esse feito ninguém havia conquistado ainda. Porém, um ano depois decidi pendurar as chuteiras, elas que tanto machucaram meus pés no início da carreira.

Mas só abandonei as que vestia nos grandes estádios do mundo porque, em seguida, virei protagonista de uma nova história, a de um esporte que, com a minha colaboração, começou a se desenvolver, a criar asas e a ganhar patrocínio: o Beach Soccer, que de início contava 11 jogadores por time. Atualmente, o Futebol de Areia é praticado com cinco atletas em cada campo, mas ainda faz enorme sucesso.

Enfim, aos 47, eu disse chega!, e dei algum descanso ao meu corpo e, particularmente, aos meus pés, que me levaram mais longe do que jamais sonhei em meus dias de menino nas ruas do Parque Solón de Lucena.

Bem, abandonar totalmente a bola, eu não abandonei. Apenas deixei de atuar profissionalmente com ela... nos pés. Aceitei um convite para ingressar no time de comentaristas esportivos de televisão para conversar sobre o assunto que desperta incontrolavelmente a minha paixão e continuará despertando para todo o sempre: futebol, é claro!

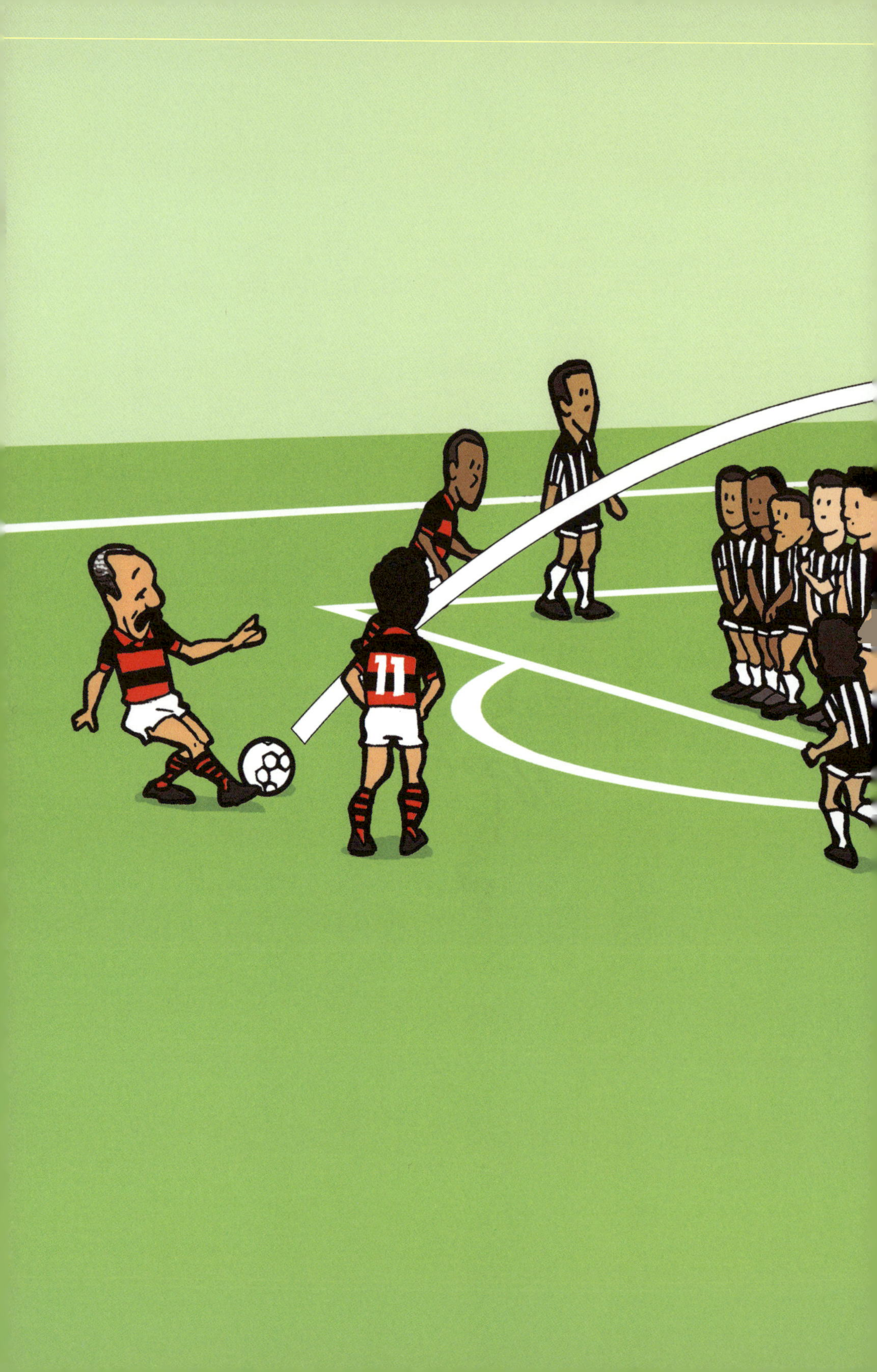
11

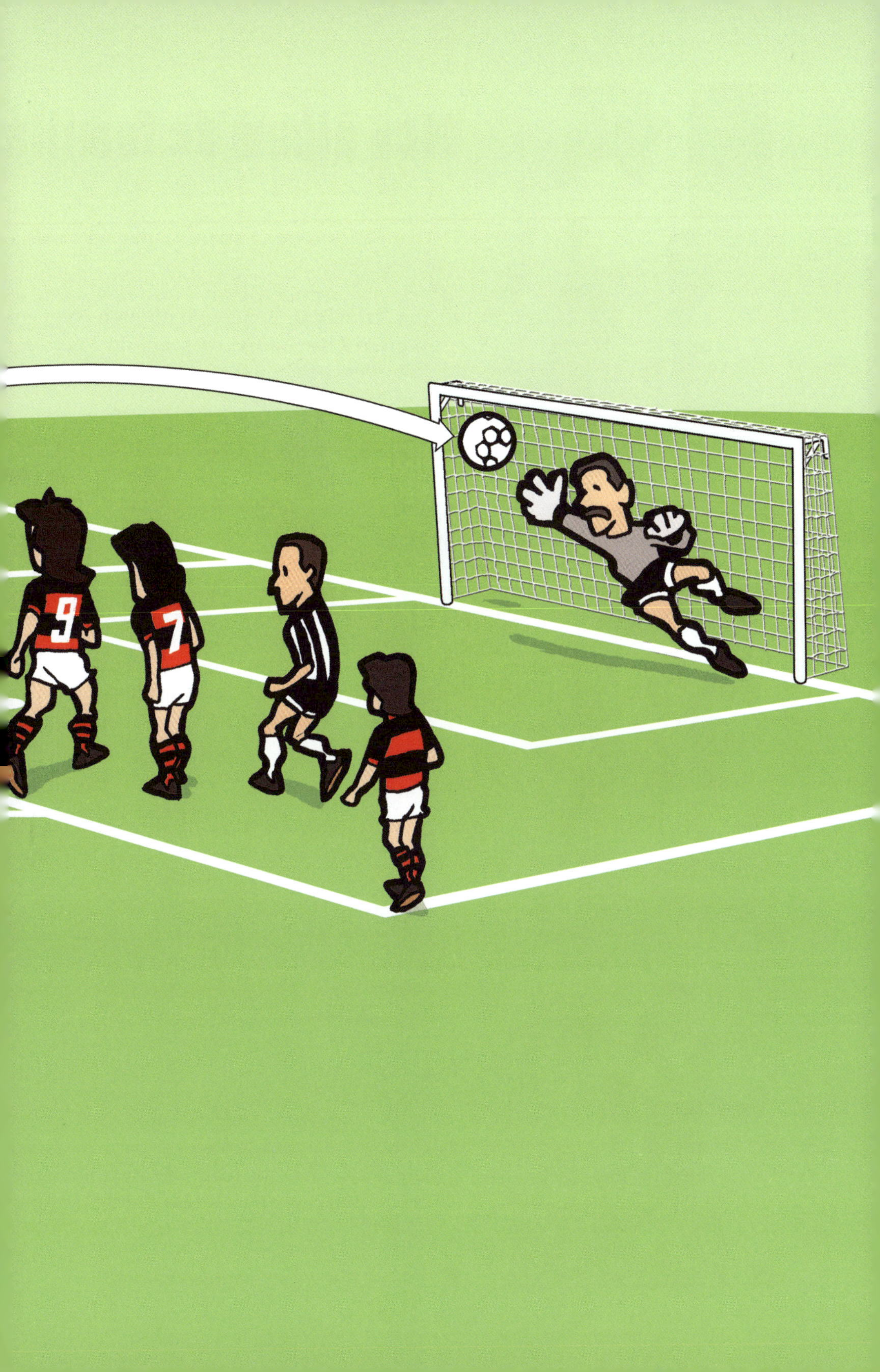

Meu álbum de família

1. Meu avô paterno, mestre Gama, na batalha, na Paraíba.

2. Eu, aos três anos, no colo do meu pai, Leovegildo Lins Gama, na praia do Poço, em João Pessoa, com Lino sentado e meu primo Bruno, em pé.

3. Em casa, ainda no Nordeste, na festa do meu aniversário de cinco anos, quando ganhei minha primeira bicicleta.

4. Na praia de Copacabana, com a camisa do Juventus, depois de uma partida de futebol de areia: Pinduca ao meu lado, à esquerda. Arnaldo e Careca, sentados.

5. O caçula Leo, Nena, eu e Lino, o primogênito, em frente ao prédio em que fomos criados na rua Domingos Ferreira, em Copacabana.

6. Aos 16 anos, no time de futebol de salão infantojuvenil do Flamengo, em 1970. Sou o último embaixo à direita.

7. Eu, antes do jogo Flamengo X América, final do terceiro turno, em 1974, com meu cabelo black power, responsável pelo apelido que recebi de Capacete.

8. Meu casamento com Heloísa, em 1984, no Hotel Rio Palace, em Copacabana.

9. Festa de despedida em Pescara, na Itália em 1990, antes da volta olímpica de agradecimento, de mãos dadas com meu filho Rodrigo.

10. Eu e minha mãe, Wilma Gama.

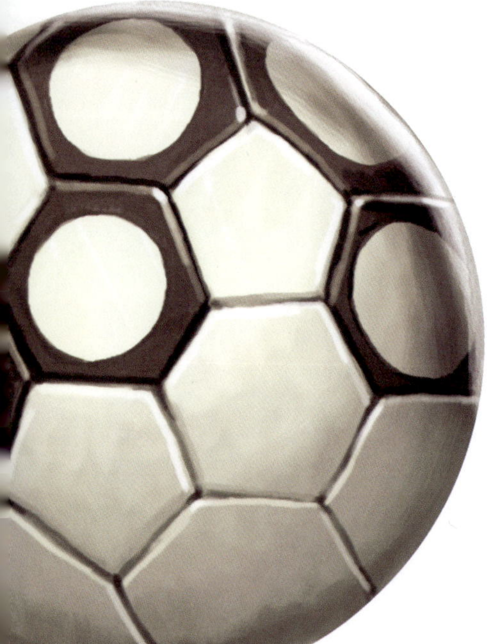